रात भारी है

रात भारी है

अमृता प्रीतम

राजपाल

अनुवाद
अमिया कुंवर

₹ 275
ISBN : 9789350641163

RAAT BHARI HAI (Short Stories and Reminiscences)
by Amrita Pritam
मुद्रक : जी.एस. ऑफसेट, दिल्ली

राजपाल एण्ड सन्ज़
1590, मदरसा रोड, कश्मीरी गेट, दिल्ली-110006
फोन : 011-23869812, 23865483, 23867791
website : www.rajpalpublishing.com
e-mail : sales@rajpalpublishing.com
www.facebook.com/rajpalandsons

क्रम

भूमिका

एक पेड़ की गाथा

कभी-कभी दुनिया में किसी शायर की एक ऐसी नज़्म होती है जो चन्द लफ्ज़ों में दर्द के एक लम्बे इतिहास को लिएं होती है। बल्गारियन शायरा ब्लागा दिमित्रोबा की नज़्म है जो उस पेड़ की व्यथा को लिए हुए है जिस पर कभी सूरज का क्याम था–

एक पेड़ था
जिस पर सूरज रहा करता था
वो कुल्हाड़े से काट दिया गया
और उसका कागज़ बना लिया गया...
अब उसी कागज़ पर–
मैं उस पेड़ की गाथा को लिख रही
जिस पर कभी सूरज का क्याम था...

और मैं इसी नज़्म की रोशनी में सीमा पार के कुछ उन लोगों की बात कर रही हूँ, जो सपनों के कटे हुए पेड़ से बने कागज़ पर उस पेड़ की गाथा लिख रहे हैं।

–अमृता प्रीतम

रोयदा ग़ज़दर

सैयदा ग़ज़दर

अमृता ने कहा था मुझे–
अपना ख़्याल रखना, सब का ख़्याल रखना...

दिन बहुत गम्भीर हैं मेरी जान !
हर तरफ़ है अँधेरा
एटम की पूजा, हर कौम का सलीका
अपना ख़्याल रखना, सब का ख़्याल रखना

यह बम कहाँ गिरेगा, घबराहट है दिल को
पर जहाँ भी गिरेगा, इन्सान भस्म होगा...
रंग, नस्ल, और मज़हब की
पहचान नहीं हो पाएगी
पशु और इन्सान की पहचान नहीं होगी
एक राख का समन्दर–
बन जाएगा मुक़द्दर
अपना ख़्याल रखना, सबका ख़्याल रखना !

खुदसोज़ी–खुदफ़रेबी का एक जश्न है
जाने क्यों नफ़रत की फसलें
धरती पर उग आई हैं
अमनो-अमान की कलियाँ
आग में कब खिलती हैं
भूख प्यास और गुरबत
सिर्फ जंग में पलते हैं
वक्त अभी बाकी है...
कुछ और न गवाएँ
वक्त अभी बाकी है...

बहुत गम्भीर दिन हैं मेरी जान
अपना ख़्याल रखना, सबका ख्याल रखना

– जून 1999

बात दो हज़ार साल पहले की

अब, जब जीसस का जन्म हुआ
हैरोड के राज में
देखो ! तीन आलम पूरब से चलकर
जेरुसलम आए
कहते—
वो जो जन्म से बादशाह है, वो कहाँ है ?
हमने पूरब दिशा में रहते हुए
उसका सितारा देखा है
और अपनी अक़ीदत पेश करने आए हैं...

मैथ्यू की ऐतिहासिक किताब के ये लफ़्ज़, फ़िदा हसनैन ने अपनी उस किताब में दिए हैं जो जीसस की जिन्दगी को लेकर खोज में उतरी हुई है...

किताब का नाम है—'फ़िफ़्त गॉस्पल', ये फ़िदा हसनैन और देहन लैवी ने मिल कर लिखी है...

कहते हैं—यह खबर जब वक्त के राजा तक पहुँची थी, उसने पूरब दिशा से आए तीनों आलिमों को बुलाया, पता किया क्या वो सचमुच उसके राज में पैदा हुए उस बच्चे को देखने के लिए आए हैं, जो किसी वक्त यहूदियों का राजा होगा। इससे राजा के मन में खौफ़ आया कि उसका राज उसके हाथों से चला जाएगा। उसने तीनों से कहा—अच्छा जाओ ! तलाश करो ! पता चले तो मुझे आकर बता देना।

वो तीनों पेलेस्टीन में उस तारे की दिशा देखने लगे, जिसे देखकर वो पूरब से इस दिशा की ओर आए थे। उस वक्त, देखा, वो तारा एक नगर बैथेलेहम के ऊपर दिखाई दे रहा था। वे तीनों उस नगर चले गए, घर तलाश किया, बाल जीसस

को देखा, पहचाना, और बच्चे के सामने झुककर उसे अपना सम्मान पेश किया। वो लोग साथ ही कुछ सोना, धूप और सुगन्धित सामग्री लाए थे, वो सब बच्चे को अर्पित किया और खुशी में झूमते-से अपने देश लौट गए...

अनुमान किया जाता है कि वे तीनों बौद्ध थे, तन्त्र विद्या के ज्ञाता...

भारत से मध्य एशिया के कई देशों का रास्ता बौद्ध लोग जानते थे। वे बुद्ध मत को लोगों तक पहुँचाने के लिए कई बरसों से देश-देश में जा रहे थे। कई देशों में उनके बनाए हुए मठ भी मिलते हैं...

फ़िदा हसनैन ने लिखा है कि सितारों का इल्म रखने वाले मैगी लोगों का ज़िक्र कश्मीर में लिखे गए 'भविष्य महापुराण' में भी मिलता है...

बौद्ध लोगों की नज़र में यह एक नए बुद्ध का जन्म हुआ था–

वो धरती जहाँ जीसस का जन्म हुआ, रोमन हुकूमत के अधीन थी, और यहूदी लोग इन्तज़ार कर रहे थे कि खुदा उनकी मदद ज़रूर करेगा और किसी मसीहा को भेजेगा। वो ऐसे किसी बच्चे के जन्म का इन्तज़ार ही कर रहे थे।

ज़ाहिर है कि वक्त का बादशाह ऐसे बच्चे के जन्म का पता लगाकर, उस बच्चे का कत्ल करवा देना चाहता था। इसलिए उसके जासूस सब घरों पर नज़र रख रहे थे...

मिस्र में

जीसस के बाप जोज़फ़ को एक बुरा सपना आया कि ये बच्चा जीसस उससे और मैरी से छीन लिया गया है। बच्चे को राजा के दरबार में ले जाया जा रहा है...इससे जोज़फ और मैरी इतने फ़िक्रमन्द हुए कि उसी रात वहाँ से निकल कर मिस्र की ओर चल दिए...

कुछ दिनों बाद राजा का फ़रमान हुआ कि उसके राज में पैदा हुए सब छोटे बच्चे मरवा दिए जाएँ। ये कत्लेआम हर माँ-बाप के लिए भयानक जुल्म का समय था। कुछ माँ-बाप अपने-अपने बच्चे को छिपाकर किसी न किसी दूसरे देश की ओर निकल गए, लेकिन सरहद पर पहरा था, इसलिए बहुत लोग निकल नहीं पाए...हर जगह कत्लेआम होने लगा।

ईसा मसीह (चित्र : इमरोज़)

मिस्र के पहाड़ी इलाकों में एक ऐसी जगह थी जिसे बूटी बाग कहा जाता था—हर्बल गार्डन। वहाँ कोई चार हज़ार ऐसे लोग रहते थे, जो बड़ी सादा ज़िन्दगी जीते थे, और पेड़-पौधों का इल्म रखते थे, जिनसे वे कई तरह की दवादारू बनाना जानते थे। कहते हैं कि मैरी और जोज़फ़ ने बच्चे को लेकर वहीं पनाह ली...

उस बूटी बाग में अभी तक अंजीर का वो बहुत बड़ा पेड़ कायम कहा जाता है, जिसके एक ओर बड़ी-सी खुली गहरी जगह थी, जिसके अन्दर राजा के जासूसों से डरकर बच्चे को छिपा दिया जाता था...

मोसिस के वक्त उसकी अगवाई में एक कबीला ऐसा बना था, बड़े भले और रहमदिल लोगों का, जो सिर्फ़ सफ़ेद कपड़े पहनते थे, पेड़-पौधों का इल्म करते थे, और उनका अक़ीदा ख़ुदा की ख़लकत को प्यार करना था। वो किसी जानवर की हत्या भी नहीं करते थे इसलिए तारीखदानों को अनुमान होता है कि वे पश्चिम के बौद्ध सन्त थे। वही लोग थे जो हर जगह मैरी की और बच्चे की हिफ़ाज़त करते रहे...

जीसस की ज़िन्दगी के लापता वर्ष

ज़िलावतनी के दिनों में बच्चे को पढ़ाया भी जाता था और दूसरी शिक्षा भी दी जाती थी। जोज़फ़ बढ़ई का काम अच्छी तरह जानता था, इसलिए वो भी बच्चे को सिखलाया गया। और जब पेलेस्टीन में राज बदल गया। उस समय जीसस बारह साल का था। माँ-बाप उसे और अपने छोटे बच्चों को लेकर घर लौट आए। करीब एक साल जीसस वहाँ माँ-बाप के पास रहा, और फिर आगे, इतिहास नहीं जानता कि जीसस कहाँ चला गया...

ये जीसस की उम्र के सत्रह वर्ष थे, उसकी तेरह साल की उम्र से लेकर उनतीस साल की उम्र तक, जो लापता कहे जाते हैं...

इस किताब की खोज है कि जीसस व्यापारियों की एक टोली से मिलकर वहाँ से भारत आ गया था—रूहानी इल्म पाने के लिए। वो कई नगरों, शहरों में गया, बनारस भी, लेकिन ज़्यादा वक्त हिमालय की पहाड़ियों में रहा।

अब तिब्बत में कपड़े पर लिखी हुई ऐसी इबारत मिली है कि जीसस ने बुद्ध मत की गहराई को पाया था, और फिर उनतीस साल की उम्र में अपने देश इज़राइल चला गया था...

कई और पहलू

ये किताब जीसस की ज़िन्दगी के और पहलुओं की खोज में भी उतरती है—कँवारी माँ वाले चमत्कारी मसले को भी तलाशती है, प्राचीन इबारतों के हवाले भी देती है और ये पता भी देती है कि वहाँ जीसस के देश में कई प्राचीन किताबें जान बूझ कर जला दी गईं, या छिपा दी गईं, और कई अदल-बदलकर दी गईं...

लेकिन वो सब कुछ तलब वालों के लिए इस किताब के हरफ़-हरफ़ में उतरने के लिए है। मैं इस किताब का ज़िक्र सिर्फ़ इस पहलू से कर रही हूँ कि इस खोज की रोशनी में देखा जा सकता है कि जीसस ने बुद्ध मत से क्या-क्या पाया और कितना समय बौद्ध मठों में गुज़ारा, और फिर सूली वाली घटना से तीन दिन बाद, मित्रों, मुरीदों की मदद से जब उसके ज़ख्म कुछ ठीक हुए, तब वो कहाँ चला गया...

वक्त उसके देश में क्यों खामोश रहा ?

ये ठीक है कि दुनिया की बादशाहत उसके लिए नहीं थी, उसका अक़ीदा था कि खुदा की बादशाहत हमारे अन्दर होती है...

ईशा नाथ

इस किताब ने भारत के नाथ योगियों की 'नाथ नामावली' खोज ली है, और उसमें दिया गया ज़िक्र दर्ज किया है—

"ईशा नाथ चौदह साल की उम्र में भारत आया था। योग विद्या लेने के बाद वो अपने देश लौट गया, अपने लोगों को रूहानी इल्म देने के लिए...

"दुनिया वालों ने उसके खिलाफ़ साजिश की और उसे सूली पर लटका दिया। सूली के समय ईशा नाथ ने अपने प्राण समाधि में लगा दिए थे। वो ट्रान्स में चला गया था, जिससे लोगों ने समझा, वो मर गया है। वो योगी था। उसे मुर्दा समझ कर कब्र में उतार दिया गया...

"ठीक वही समय था, जब उसके नाथ गुरु महाचेतना नाथ ने हिमालय में बैठे हुए एक विज़न देखा—एक भयानक तकलीफ़, जिसमें से ईशा नाथ गुज़र रहा था। उस वक्त महाचेतना नाथ ने अपनी स्थूल काया वहीं छोड़ दी, सूक्ष्म काया अख़्तियार कर ली, और इज़राइल पहुँचकर जीसस को कब्र से निकाला...

"महाचेतना नाथ यहूदियों पर बहुत नाराज़ थे, जिन्होंने ईशा नाथ को सूली पर लटका दिया था, इसलिए अपने गुस्से का इज़हार कुदरत के माध्यम से किया—उस

समय भयानक बादल गरजे, बिजली चमकी—सारे इज़राइल में।

"चेतना नाथ, ईशा नाथ को समाधि से वापस लाए। उसके ज़ख़्म ठीक किए और उसे भारत लौट आने के लिए कहा...ईशा नाथ ने लौटकर हिमालय के निचले हिस्से में अपना आश्रम बनाया..."

कुश कबीला

कुश, नोहा का पोता था, हैन का बेटा, जिसके नाम से कुश कबीला कायम हुआ। इस कबीले ने बगदाद में 'काश' नाम का गाँव बसाया। ये लोग पहाड़ों, दरियाओं और नगरों, वादियों के नाम अपने पूर्वज कुश के नाम पर रखते रहे...

मैसोपोटामिया में इन लोगों का राज भी हुआ था, जहाँ के दरिया का नाम इन्होंने काशान रखा। निशापुर ईरान में इस कबीले के लोगों ने काशमार नाम का गाँव बसाया। मध्य एशिया में गए तो मुखारा में एक गाँव कॉश बसाया। और कई जगहों पर काशमुहरा, काशबन्द जैसे गाँव बसाए। समरकन्द में काशनिहा नाम का गाँव बसाया...

मैसोपोटामिया में कई नगर मिलते हैं—काशान, काशी जैसे। ये कबीला अफ़गानिस्तान गया, वहाँ आबाद हुआ, तो कई स्थानों के नाम रखे—काशकार, काशहिल, काशएक, काशू...

हिन्दूकुश पर्वत भी इसी कबीले के नाम पर कहा जाता है। ये बाबर था जिसने अपनी ज़िन्दगी की घटनाएँ लिखते हुए लिखा है कि 'कश्मीर' लफ्ज़, उसकी वादी में आकर बस गए कुश कबीले से बना था...

इज़राइल से जो बारह कबीले निकले थे, उनमें से दस कबीले खो गए कहा जाता है। ये लोग पूरब की तरफ़ आकर कई देशों और स्थानों में बस गए। भारत के दक्षिण में भी आए, और कई शहरों में बस गए...

इस कबीले के लोग पीर पंचाल से गुज़र कर कश्मीर वादी में भी आकर बस गए। काशनाग एक चशमा भी है, अनन्तनाग ज़िले में। उस समय कबीले का मुखिया काशयाप्पा था। फिर वक्त पाकर इस कबीले के कई लोग बौद्ध हो गए, कई शैव, कइयों ने इस्लाम कबूल कर लिया। लेकिन एक वक्त था जब करीब-करीब कश्मीर में रहने वाले हर किसी के नाम के साथ 'जू' लफ्ज़ लगता था। ये जू लफ़्ज़ ज्यूज़ लफ़्ज़ का संक्षिप्त था। कश्मीर के बहुत से लोग अपने को इज़राइली कबीले के लोग मानते हैं...

नीलमत पुराण

फ़िदा हसनैन ने अपनी किताब में संस्कृत के नीलमत पुराण का हवाला भी दिया है जिसमें वो लीजेड्स भी दर्ज हैं कि कश्मीर कैसे बसा।

पानी की झील में से जब धरती का टुकड़ा निकल आया तो वहाँ कई कबीले आकर बस गए थे। नागा लोग, उस स्थान के लोग जिसे आज काफ़िरिस्तान कहते हैं, जूडा की वंश से दारा की सन्तान, गन्धार के लोग, ग़ज़नी के लोग, शक लोग, कुश कबीले वाले, मध्य एशिया के माँडू, यवन, और कई पहाड़ी कबीले...

जीसस की भारत में दूसरी यात्रा

तेरह-चौदह वर्ष की उम्र में पहली भारत यात्रा के समय जीसस ने—सिन्ध, पंजाब, राजस्थान, गुजरात, उड़ीसा के लोगों में रहते हुए, खास तौर पर शूद्रों और पिछड़ी हुई जातियों के पास ठहरकर, लोगों को पैगाम दिया कि हर कोई खुदा का बेटा है...

उस समय रूहानी और रहस्यमय इल्म को पाने के लिए जीसस ने छः साल बौद्ध मठों में गुज़ारे। लोग जीसस को ईसा मसीह और येसू मसीह के नाम से याद करने लगे...

दूसरी बार भारत की यात्रा के समय जीसस ने रास्ते के हर मुल्क, शहर और कस्बे के लोगों को अन्तरचेंतना का पैगाम दिया। कई लोगों को रोगमुक्त किया। जीसस के बड़े प्यारे लफ़्ज़ हैं—“एक बच्चा जिस तरह अँधेरे में माँ की छाती तलाश लेता है, उसी तरह भटके हुए लोग अपने अन्तर की चेतना से अपने पिता खुदा को पहचान सकते हैं...

कश्मीर

दूसरी बार भारत आकर जीसस ने कश्मीर में क़याम किया, डल झील के किनारे।

‘भविष्य महापुराण’ में संस्कृत में लिखा हुआ उस समय का हवाला मिलता है कि जीसस जब कश्मीर में आ गया था तो एक बार शक राजा हिमतुंग आया, हिमालय की पहाड़ियों में। वहाँ सिर से पैर तक एक सफ़ेद पहरान में एक दरवेश को देखा, बड़ा नूरानी चेहरा था,

पूछा—तुम कौन हो ?

दरवेश ने कहा—

मैं ईश्वर पुत्र—
कुमारी के गर्भ से जन्मा
और सच के हवाले कर दिया गया...

राजा ने पूछा—तुम कौन से मज़हब की नुमाइंदगी करते हो ?

दरवेश ने कहा—

सच जब से अलोप हुआ
सब हदें टूट गईं
मैं म्लेच्छों की धरती पर ईसा मसीह हुआ
मैं उनसे कहता—

जिस्म और ज़ेहन को नापाक न होने दो
दिल में खुदा को याद करो
उसका ध्यान करो—जो सूरज में बसता है

मैं जब म्लेच्छ धरती पर ज़ाहिर हुआ
ज़ालिमों और गुनहगारों से झेला नहीं गया,
मुझे एक भयानक जुल्म से गुज़रना पड़ा
मैं आज भी कहता हूँ—
वो सब शक्तियों का मालिक
सूरज के मध्य में, एक नुक्ते पर रहता है
शक्तियों के जो कण उसके गिर्द घूमते हैं
वही पूरी कायनात है
वो कण, वो सूरज, वो खुदा, सदा होते हैं
वही सबके दिलों में रहते...
इसीलिए मैं ईसा मसीह हूँ

ज़ाहिर है कि ईसा मसीह ने जिनके हाथों तकलीफें पाई, उनका ज़िक्र किया, तो उनके लिए 'म्लेच्छ' लफ़्ज़ संस्कृत पुराण के लेखक ने इस्तेमाल किया...

हवाले

कश्मीर में गोपदत्त के राज के समय सोलोमन के टैम्पल की मरम्मत के लिए सुलेमान को बुलाया गया था, जिसने वहाँ ईसा मसीह से मिलकर तख्त सुलेमान के थमले पर युज़ आसफ़ का नाम भी लिखा, एक पैगम्बर के तौर पर।

कश्मीर में जीसस को युज़ आसफ़ भी कहते हैं।

कश्मीर की फ़ारसी में लिखी तारीख में ये सारा ज़िक्र भी शामिल है, और ये भी कि ईसा मसीह की ज़िन्दगी कश्मीर में गुज़री जहाँ उसकी मौत के बाद खानयार में उनकी कब्र बनाई गई और कहा जाता है कि उस कब्र में से शक्ति की तरंगें निकलती थीं...

फ़िदा हसनैन की किताब में कई तस्वीरें दी गईं थीं जिनमें तख़्त सुलेमान की तस्वीर भी है, वो लफ़्ज़ भी जो वहाँ अंकित किए गए, 'भविष्य महापुराण' के उस पृष्ठ की तस्वीर भी है जहाँ जीसस का जिक्र मिलता है और ईसा मसीह की कब्र की भी है जहाँ कब्र पर दो ज़ख्मी पैरों के निशान बनाए गए हैं...

जीसस के देश में जहाँ उसे सूली दी गई और बाद में जो कफ़न उसे दिया गया था, आज उस कफ़न की एक लम्बी दास्तान मिलती है–कि वो कफ़न कहाँ-कहाँ दिया गया, कहाँ-कहाँ सम्भाला गया और कभी-कभी ज़ाहिर किया गया। ये ब्यौरा भी मिलता है कि दो बार सायंसदानों ने मिलकर उस कफ़न का मुआयना किया। उसका कपड़ा, उसके निशान, खून के भी, दवाइयों के भी, असली हैं...

सो ये दुनिया–हमारी दुनिया है, जहाँ किसी रूह वाले को हर तरह की तकलीफें दे कर, फिर उसके कफ़न को सम्भाला और चूमा जाता है...

फूलों का क़त्ल

हर मज़हब अपनी-अपनी जगह पर एक फूल की तरह खिलता है, लेकिन उन फूलों में एतक़ाद रखने वालों के मन क्यों नहीं महकते, किसी तारीख के पास इसका जवाब नहीं है।

मज़हब के नाम पर होनेवाली कत्लोग़ारत में, खास तौर पर औरतों पर क्या गुज़रती है, कोई तारीख उस दर्द की कल्पना नहीं कर सकती...

उन्नीसवीं सदी में एक ताहिरा कुरतुल एन थी, जिसका कुसुम भी एक इलाही फूल की तरह खिला था, इल्म भी, और उसका एतक़ाद भी। इसलिए मैं हज़रत ताहिरा की बात करना चाहती हूँ, जैसे मज़हब के नाम पर हर तरह के दुख सहने वाली हर गुमनाम औरत का नाम ताहिरा हो...

बहाई एतक़ाद

हज़रत ताहिरा के बारे में कुछ कहने से पहले, थोड़ा सा बहाई एतक़ाद के बारे में कहना होगा...

शीराज़ के अली मोहम्मद का जन्म अट्ठारह सौ बीस में हुआ था। उसने इस्लाम की एक नई शाखा कायम की, अट्ठारह सौ चवालीस में। उसने अपना लकब बॉब रखा था। बॉब का अर्थ है—दरवाज़ा, जो सच की ओर खुलता है।

बॉब की कल्पना इस्लाम में पहले से थी, कि वो आएगा और रूहानियत का रास्ता बताएगा। जिस इमाम मेंहदी का इन्तज़ार था, अली मोहम्मद ने कहा कि वो वही इमाम मेंहदी है। इससे ये बात मानने वाले भी बहुत से लोग हो गए, और इससे इन्कार करने वाले भी, जो मुखालफ़त करने लगे। यही मुखालफ़त बढ़ती गई तो अली मोहम्मद (बॉब) को गिरफ्तार कर लिया गया और अट्ठारह सौ पचास में उनका कत्ल कर दिया गया...

छः साल की रहनुमाई के बाद हज़रत बॉब ने कत्ल होने के वक्त अपने एक मुरीद मिर्ज़ा याहिआ को अपनी जगह दे दी। मिर्ज़ा याहिआ को 'सुबह-ए-अज़ल' कहा जाता था...

इस एतक़ाद को मानने वाले जगह-जगह पकड़े जाने लगे और मारे जाने लगे। फिर ये बहाई मान्यता भी दो हिस्सों में बँट गई। एक का नेता मिर्ज़ा याहिआ था, और दूसरा नेता हुआ बहाउल्ला...

हज़रत ताहिरा

हज़रत ताहिरा, कुरतुल एन के नाम से भी जानी जाती हैं। वो ईरान की तारीख में एक बहुत बड़ा नाम है, जो कुल आलम ने जाना...

हज़रत ताहिरा (चित्र : इमरोज़)

मारथा रूथ, एक अमरीकन औरत ने हज़रत ताहिरा की ज़िन्दगी को कलमबन्द किया। उसके लफ़्ज़ों में–

''मैंने पाँच बर्रे अज़्मों के सफ़र में दुनिया की औरतों पर हज़रत ताहिरा का एक गहरा असर देखा। हज़रत ताहिरा के शेहर हासिल करने के ख्वाहिशमन्द हर जगह देखे हैं...

''हज़रत ताहिरा जवान और ज़हीन शायरा कुरान और हदीस को अच्छी तरह जानने-समझने वाली थीं। कट्टर खानदान की बेटी। सूबे के सबसे बड़े आलम की बेटी, जो बहुत अमीर, कट्टर, और ऊँचे रुतबे वाला था। इसलिए ताहिरा भी आलीशान महल में रहने वाली थी।

''ताहिरा के वालिद का नाम हाजी मुल्ला सालेह था। उसके दो भाई थे। बड़े का नाम हाजी मुल्ला मुहम्मद तक़ी था। वो बहाइयों का जानी दुश्मन था। छोटे भाई का नाम हाजी मुल्ला अली था। हज़रत ताहिरा की शादी मुल्ला तक़ी के बेटे अली मोहम्मद से हुई थी। उस वक्त ताहिरा बहुत छोटी थी, मुश्किल से तेरह साल की। ताहिरा के तीन बच्चे हुए, दो बेटे, एक बेटी...

''हज़रत ताहिरा बचपन से ही दीन का मुतालया करती थी। एक बार वो कहीं मेहमान थी जहाँ की लाइब्रेरी में उसने दो किताबें देखीं–एक शेख अहमद एहसाई की लिखी हुई, और दूसरी सय्यद काज़म रश्ती की लिखी हुई। ताहिरा में इल्म की तलब थी, उसने वो दोनों किताबें उधार माँगीं, तो मेज़बानों ने कहा–''नहीं ताहिरा, ये किताबें लेकर न जाओ, तुम्हारे वालिद साहब नाराज़ होंगे''–लेकिन ताहिरा वो किताबें ले आई, और निहायत गौर से उनका मुतालआ करने लगी...

''किताबों का नज़रिया था कि मरने के बाद जिस्म फिर ज़िन्दा नहीं होगा, और रूह खुदा के हजूर में रहेगी। और एक पहलू ये था कि खुदा हमेशा अपने बन्दों की रहनुमाई के लिए आलिम भेजता रहा है, और उसका ये फैज़ बन्द नहीं हुआ, बल्कि हमेशा-हमेशा जारी रहेगा...

''शिया नज़रिया ये था कि एक हस्ती हज़ार साल से गायब है, वही हस्ती एक बार फिर ज़ाहिर होगी और दुनिया में इन्साफ़ लाएगी। और किताब के मुसन्नफ़ का कहना था कि वो हस्ती खुद-ब-खुद ज़ाहिर नहीं होगी, वो किसी माँ के पेट से पैदा होगी, और खुद को ज़ाहिर करेगी...

''इस बात से बड़ा हंगामा हुआ। किताब के मुसन्नफ़ शेख एहसाई का नज़रिया था कि दुनिया को बशाहरत देने वाले हज़रत बॉब थे। चाहे उन्होंने खुद हज़रत बॉब को नहीं देखा था, लेकिन उन्होंने कुछ निशानियाँ भी बताईं उनकी...

''ताहिरा छोटी थी, लेकिन जब उसने अपने बाप और चचा को शेख एहसाई के खिलाफ़ बोलते सुना, तो उसने कहा—शेख सच्चा है, मेरे अब्बा और चचा गलत हैं...

''ताहिरा ने सैयद काज़म रश्ती से दीन के मुतल्लक बड़े गहरे और मुश्किल कई सवाल पूछे, और सैयद ने ताहिरा को कुरतुल एन का नाम दिया, जिसका मतलब होता है—आँखों की रोशनी। ताहिरा का ये नाम माँ-बाप का रखा हुआ नहीं था लेकिन उसकी ज़िन्दगी इसी नाम से रौशन हुई...

''हज़रत ताहिरा को बचपन से कई ग़ैबी अलामतें नज़र आ जाती थीं, और जब उसके चचा जान (जिनके बेटे से ताहिरा की शादी हुई थी) का मसीत में कत्ल हो गया तो मुल्ला के बेटे को ताहिरा के लफ्ज़ याद आए जो उसने कभी चाचा तक़ी के बारे में कहे थे, कि मैं आपका चेहरा खून से भरा हुआ देख रही हूँ...इससे उन लोगों ने ताहिरा पर इल्ज़ाम लगा दिया कि उसे इस कत्ल की खबर थी...

''कुछ लोगों का कहना था कि इस कत्ल का कारण ताहिरा और खुद बहाई लोग थे। इसलिए बहाइयों को पकड़ा जाने लगा। ताहिरा के खाबिंद ने वक्त के हाकिम से कहा कि ताहिरा को भी पकड़ लिया जाए। इसलिए ताहिरा को उसके बाप के घर से ज़बरदस्ती पकड़ लिया गया। साथ ही ताहिरा की दासी काफ़िया को भी पकड़ लिया गया...

''हाकिम ने ताहिरा को डराने के लिए काफ़िया के हाथ दरवाज़े के नीचे रख दिए और कहा कि इन हाथों को जलते लोहे से दाग देंगे...

''उस वक्त ताहिरा ने बेनक़ाब होकर अपना चेहरा उस बन्दीखाने की ओर कर लिया, जहाँ कई बहाई बन्दी बनाए हुए थे। और वे खुदा को याद करने लगे...

''इतने में बाहर से आवाज़ें आईं कि कातिल मिल गया.. ये सुनकर सबका ध्यान उधर हो गया कि कातिल कौन है ? कहाँ से मिला है ? और काफ़िया के हाथों को जलते लोहे से दाग देने वाली बात भूल गए...

''एक कोई मुल्ला सालेह शिराज़ी था जो हाकिम के सामने आया कि कत्ल मैंने किया है, बेगुनाहों को छोड़ दिया जाए। कत्ल के वक्त मैं अकेला था, मेरा कोई साथी नहीं था...

''पूछा गया कि तुमने इतने बड़े आलिम को कत्ल क्यों किया तो शिराज़ी ने कहा—'वो आलिम नहीं था। उसने तो इल्म के बाग से थोड़े से अंगूर चोरी किए थे... अगर वो आलिम होता तो मम्बर पर बैठकर वो मेरे उस्तादों—शेख अहमद एहसाई

और सैयद काज़म रश्ती के खिलाफ़ इतने बुरे अलफ़ाज मुँह से न निकालता। इसी वजह से मैंने उसका कत्ल किया'

"सालेह शिराज़ी को जंज़ीरों में डालकर कैदखाने में बन्दी कर दिया गया और ताहिरा को उसके बाप के घर में नज़रबन्द कर दिया गया...

"ताहिरा के शौहर ने ताहिरा को जहर देने की कोशिश की लेकिन कामयाब नहीं हुआ...

"ताहिरा की बेटी तब ज़िन्दा नहीं रही थी, लेकिन उसके दोनों बेटे घर छोड़कर कहीं चले गए क्योंकि उनके बाप का सलूक उनसे अच्छा नहीं था...

"ताहिरा किसी तरह तेहरान पहुँची और हज़रत बहाउल्ला के घर मेहमान हुई। वो पर्दे के पीछे बैठकर हर रोज़ लोगों को बहाई एतक़ाद के लिए रोशनी देती रही। वो हज़रत बहाउल्ला का रूहानी मुकाम पहचानती थी।

"एक दिन सहरा से आती हुई ताहिरा को पकड़ लिया गया और शाह नसीरुद्दीन के हजूर में पेश किया गया। शाह ने कहा—"मुझे इसकी सूरत भली लगती है, इसको छोड़ दिया जाए...और फिर शाह ने ताहिरा को खत लिखा कि अगर वो हज़रत बॉब से मुनकिर होकर सच्ची मुसलमान बन जाए तो उसे ऊँचा रुतबा भी दिया जाएगा और मैं उसे अपनी बेगम बना लूँगा...

"ताहिरा को ये पैगाम एक खत के ज़रिए मिला था, उसने खत के दूसरी तरफ़ एक शे 'र लिख कर खत लौटा दिया। वो शे'र था—

बादशाह ! ये मुल्क और हुकूमत तेरे लिए
दरवेशों का रहना मेरे लिए
अगर वो मुकाम अच्छा है
तो तुम्हें मुबारक हो !
अगर दरवेशी का मुकाम बुरा है
तो वो मेरे लिए रहने दे !

"शाह ने जवाब पढ़कर ताहिरा के हौसले और जुर्रत की दाद दी, कहा—'तारीख ने आज तक हमारे लिए किसी ऐसी औरत को पेश नहीं किया'

"फिर एक वक्त आया जब शाह ने एक दिन ताहिरा को अपने दरबार में तलब किया, और पूछा—तुम हज़रत बॉब पर क्यों ईमान रखती हो ?

"उस वक्त ताहिरा ने अपने लफ्ज़ों में नहीं बल्कि कुरान मजीद के लफ्ज़ों

में जवाब दिया—

मैं उसकी इबादत में नहीं हूँ
जिसकी इबादत तुम करते हो
और ना ही तुम उसकी इबादत में हो
जिसकी परस्तिश में मैं हूँ

"शाह कुछ देर खामोश रहा, फिर उठकर कमरे में चला गया। लेकिन शाह के कुछ हाशियाबरदार थे, जिन्होंने शाह को इत्तला नहीं की और ताहिरा को मरवा दिया..."

इतिहास नहीं जानता कि शाह को जब खबर हुई, उसके दिल पर क्या गुज़री, लेकिन इतिहास जानता है कि हज़रत ताहिरा की दास्तान लिखते हुए मार्था रूथ ने मुश्किल से वो मकान तलाश किया जहाँ ताहिरा बचपन में पली थी। मकान में वो कमरा देखा जो कभी ताहिरा का होता था, तो मार्था उस कमरे के फर्श पर सिजदे की तरह झुक गई और फर्श को चूमती रही...

हज़रत बॉब के नज़रिए में ताहिरा ने जो एतक़ाद रखा था वो ताहिरा के कलाम में भी उतरता रहा...

ताहिरा के लफ्ज़ हैं—

अगर मुझे तेरे रूबरू होने का मौका मिले
तो मैं तेरा गम,
नुक़्ता-ब-नुक़्ता, हूबहू, बयान करूँ...

मैं तेरे दीदार के लिए
बादे सबा की तरह
घर-घर, दर-दर, कूचा-कूचा फिरती हूँ

मेरे गमज़दा दिल ने
तेरे इश्क को
सारे ताने-बाने में बुन लिया...

ताहिरा ने अपने दिल की किताब का
एक-एक सफ़ा, एक-एक तह
एक-एक पर्दा देख लिया
लेकिन तेरे इश्क के सिवा
वहाँ और कुछ नहीं है...
तेरे इश्क के जज़्बात ने
टूटे दिलों वाले आशिकों को
मौत के धागे लपेट दिए
ताकि वो मोहब्बत की राह पर
जान दे सकें

मेरे ज़ालिम महबूब ने
मेरे बिस्तर पर कदम रखा
जैसे ही मैंने उसका जमाल देखा
लगा—कि सुबह हो गई

जू—जो शहादत से गाफ़िल है
इबादत और परहेज़गारी की पैरवी करता है
मैं क्या करूँ—तू पाक-दिल लोगों की नीयत के
खलूस से मुनकिर है

तू जुल्फों का तलबगार
तुम्हें घोड़ों की जुस्तजू
सुनहरी काठियों की जुस्तजू
तू उम्र भर—
बेनियाज़ और बेसदा फ़कीरों से मुनकिर ही रहा

ए आशिको
हक का चेहरा ज़ाहिर हो गया
रब्बे-खलक की कुदरत से
पर्दे उठ गए
देखो बहा के आने से—
चेहरा-ए-खुदा ज़ाहिर हुआ

ए महबूब
मैं तेरे इश्क की राह पर
हर बला और मुसीबत पर कुरबान हूँ...
देखो सुबह के सूरज की लाली सा
उसका चेहरा रौशन दिखाई देता है
ज़ोर-जबर और सारा सितम
अलोप होगा
अब उसके करम का वक्त आ गया है

कमज़ोरी की जगह—
अब शक्ति जांनशीन हुई

एक मुद्दत से—
इख़तिलाफ़ के कारण
दुनिया की हालत बुरी थी
खून बहता था
अब जब कि दस्तरख़ान पर
पाक दूत रख दिया गया
तो तबक को घुमाओ
और सब को बाँट दो...

ये क़लम वाले

ये कुछ थोड़े से कलम वाले होते हैं, जो हरे धागे का क़ायनाती रिश्ता क़ायम रखते हैं। दुनिया में न रख सकें, तो मन-मस्तक में रखते हैं। मन-मस्तक ही तो वह बीज होता है, जिससे हरी कोपलें निकलती हैं...

मुहब्बत सबसे नुमायाँ रिश्ता है हरे धागे का, जो हमारा क़ायनाती कोख से बिछड़ा नाता फिर से जोड़ता है, और किसी 'मिर्ज़ा' की सूरत में किसी 'साहिबाँ' के अन्तर्मन से बोलता है।

इस समय अफ़ज़ल तौसीफ़ का नया ख़त मेरे सामने पड़ा है—जिसका अक्षर-अक्षर तड़प कर हमारे क़ायनात से टूटे हुए नातों की बात करता है—

''साहिबाँ ने मिर्ज़ा के तीर छिपाए थे, पर मैंने इस तरह की कोई बात नहीं की। पर और कई हैं जिन्होंने मिल कर मिर्ज़ा को मरवा दिया ...वह ज़माना जो मैं बनाना चाहती थी, नहीं बना सकी। यही मेरी त्रासदी है...ऐसी त्रासदी के हीरो ज़ोरावर होते हैं, हार कर भी जीते हुए लगते हैं...

''सियासतों के जनूनी, मौत के सौदे बेचने के लिए, जब हमारी गली में आए तो मैंने किताबों की अलमारी खोल कर अन्दर देखा। सामने साहिर का कलाम पड़ा हुआ था। 'परछाइयाँ' नज़्म पढ़ी। ऐटमी धमाके किसलिए ? अपनी जीत और हमारी हार के लिए ना ! किताब का वर्का उल्टा लगा। साहिर की नज़्म का बन्द सामने था—

हम ने हर दौर में तज़लील सही, लेकिन
हम ने हर दौर के चेहरे को ज़िया बख़्शी है
हम ने हर दौर में मेहनत के सितम झेले हैं
हम ने हर दौर के हाथों को हिना बख़्शी है...

"आपके अपने मन-मस्तक को क्या कहूँ ! मन-मस्तक आपको मिर्ज़ा-सा लगा। यह भी अजब तजुर्बा है कि अपनी आँखों के सामने अपने आदर्श लहू-लुहान पड़े हों और हम फिर भी कलम को हाथ से न छोड़ें !"

तौसीफ़ दोस्त ! सच कहा तुमने ! ये कलम वाले होते हैं, जो स्याह नफ़रत के हर युग में इन्सानी मन के हुस्न की लाज रखते हैं...

इन कलम वालों में एक बड़ा अज़ीम नाम 'नज़रुल इस्लाम' का है, और इस समय उनकी बात करने को मन करता है—

नज़रुल इस्लाम

नज़रुल इस्लाम

चौबीस मई की रात थी, अट्ठारह सौ निन्यानवे की, जब इन्सानी तारीख़ ने एक नाम अपने ज़ेहन में लिखा—नज़रुल इस्लाम...

यह बात चुरुलिया गाँव की है, ज़िला वर्धमान की, जब काज़ी फ़क़ीर अहमद और माँ ज़ाहिदा ख़ातून के घर बेटा पैदा हुआ...

काज़ी साहब नमाज़, रोज़ा, तसबीह और तलावत के पाबंद थे। घर के नज़दीक एक तालाब था, जिसका नाम उन्होंने पीर पुकुर रखा—पुकुर तालाब को कहते हैं—सो पीरों का तालाब, जो घर के नज़दीक था, वहीं। उनका बच्चा थोड़ा बड़ा हुआ तो खेलने लगा...

नज़दीक एक पीर का मज़ार भी था, और एक मस्जिद भी, जहाँ काज़ी साहब की उम्र उनकी ख़िदमत में गुज़री थी, और कह सकते हैं कि उनके बेटे नज़रुल का जन्म मज़ारों और मस्जिदों की साया तले हुआ था...

पर नज़रुल थोड़ा-सा बड़ा हुआ तो गाँव वाले उसे 'दुष्ट छेला' बुलाने लगे। शरारती-तबीयत था, बाप से भी रोज़ फटकार खाता—और गाँववालों से भी। नज़रुल अनाज के ढेरों पर लकड़ी की सीढ़ी लगाकर शिखर पर जा बैठता, और जाने धरती आसमान के बीच में बैठ कर क्या देखता और क्या सोचता रहता...

बाप ने मक़तब भेजा कुरान शरीफ़ पढ़ने के लिए। और दस बरस की उम्र में ही कुरान की तलावत की ऐसी-ऐसी बातें करने लगा कि मौलवी लोग पीठ पर प्यार देने लगे...पर नज़रुल ने ज़िंदगी का पहला क़हर यह देखा कि बाप की मौत हो गई, और गुरबत चौके में आ बैठी...

जिस मक़तब में तालीम ली थी, उन्होंने ही नज़रुल को वहाँ पढ़ाने के लिए लगा दिया, और साथ ही उन्होंने मस्जिद का काम भी सौंप दिया, कि वह वहाँ इमाम का काम भी कर दिया करेगा...

एक चाचा था जो फ़ारसी अच्छी जानता था। नज़रुल ने उससे फ़ारसी शायरी का मुतालबा किया, और फिर फ़ारसी-मिली बँगला में नज़्में लिखने लगा...

साथ वाले गाँव में मजलिस होती थी। लोग सारी-सारी रात जुड़ बैठते और गाते-बजाते थे। उनकी एक नाटक मंडली भी थी। उन्होंने नज़रुल के गीत सुने तो मजलिस के लिए भी गीत लिखवाने शुरू किए, जिससे नज़रुल खुद भी अपनी तख़लीकी शक्ति से वाकिफ़ हुआ, और लोग भी...

नज़रुल की सिलसिलेवार लिखी ज़िन्दगी की इबारत कहीं भी नहीं मिलती— न नज़रुल ने खुद लिखी, और न उस काल के किसी और ने। यह तो बाद में कुछ लोगों ने अपनी याददाश्त से पूछ-पूछ कर कुछ लिखा-लिखवाया है, और वे कहते हैं कि नज़रुल के अन्दर कोई अग्नि कुण्ड था, जो उसे कहीं टिकने नहीं देता था।

वह गाँव की हदबन्दी से हाथ छुड़ा कर एक दिन भाग गया। आसनसोल चला गया। पर पास कुछ नहीं था, और भूख को उसकी हालत का लिहाज़ नहीं था। नज़रुल एक तन्दूर वाले के पास मैदा गूँधने का काम करने लगा...

एक पुलिस इंस्पैक्टर था रफ़ीउद्दीन, उसने तन्दूर पर रोटी खाते नज़रुल को देखा तो क़यास हुआ कि यह बच्चा किसी बड़ी तक़दीर के लिए बना लगता है। वह नज़रुल को अपने साथ मैमनसिंह ज़िले के एक गाँव काजीर सिमला में ले गया, दरिरामपुर हाई स्कूल में दाख़िल करा दिया।

एक साल पढ़ाई की, पर स्कूल के जिस हैडमास्टर के साथ मोह-ममता हुई थी, वह मर गया, तो नज़रुल ने स्कूल छोड़ दिया। रानीगंज जाकर एक स्कूल में पढ़ाई की, और मुश्किल से मैट्रिक पास की...

मन कहीं लगता नहीं था, इसलिए जंग शुरू हुई तो बंगाली पलटन में नाम लिखवा लिया। वहाँ भी तबीयत गाने-बजाने की थी, इसलिए लोग मजलिस लगाते, गाते-बजाते और नज़रुल को प्यार करने लगे।

इस पलटन में नज़रुल हवलदार बने, पर पलटन में अच्छी फ़ारसी जानने वाले एक मौलवी जी थे, जिनसे नज़रुल फ़ारसी शायरी का और मुतालबा करने लगे...

फ़ौज से वापस आए, तो देखा—उनके भीतर अग्नि-कुण्ड में और ईंधन पड़ गया था। वे एकदम विद्रोही नज़्में लिखने लगे। एक रिसाला भी निकला, 'धूमकेतु', जो बहुत जल्द कुछ चेतना वाले लोगों का इंतज़ार बन गया...

ठाकुर बाड़ी

रवीन्द्रनाथ ठाकुर का सारा वजूद—अक्ल, इल्म, मुहब्बत, और अक़ीदत के फूलों से खिला हुआ था। उन्होंने जब नज़रुल का 'धूमकेतु' देखा, तो अपनी बाड़ी का एक बहुत सुन्दर फूल उसे भेजा, आशीर्वाद का फूल—

आ धूमकेतु आ !
इन अँधेरों को पार करना है
तू अग्नि को पुल बना !
धूमकेतु आ !

नज़रुल की नज़्में, अँधेरे में जलती मशालों-सी हो गईं—

सागर के गर्भ में—
अनन्त आकाश के दिशा-दिशान्तर समाए हैं...
ज़िन्दगी के असह धक्के,
हमें मौत की ओर धकेलते
पर हम—
पातालपुरी में जाते, और
पातालपुरी की यक्षपुरी जाकर
मोती और माणिक ढूँढ़ते...

वहाँ नागों का राज होता है,
वे हमें डसते, विष घोलते
और हम वह विष सहते
मणि-मुक्ता तलाशते...

क़ैदख़ाने की रस्सियाँ
जो हमारे गलों से लिपटतीं
अब थक कर टूटने लगीं...

ये नज़्में थीं—जिन्होंने हिन्दू-मुसलमान का सवाल लोगों को भुला दिया, एक चेतना की हवा बहने लगी...

पर ये ही नज़्में थीं कि अंग्रेज़ सरकार ने नज़रुल को पकड़ कर जेल में डाल दिया। कलकत्ता जेल में। एक बरस बाद जब जेल बदली, नज़रुल को हुगली जेल में ले जा रहे थे, तो लोगों ने देखा कि जिस रस्सी से चोर-डाकू बाँधे जाते थे, उसी

रस्सी से नज़रुल को बाँधा हुआ था। सियासी क़ैदियों के लिए कोई भिन्नता नहीं थी, कोई सुविधा नहीं थी...

जेल में, कहते हैं, एक अंग्रेज दरोगा था, ऐसा ज़ालिम कि कैदी उसे 'पिशाच् कण्ठी' कहते थे। उसकी सख्तियाँ कभी खत्म नहीं होती थीं।

नज़रुल ने एक व्यंग्य लिखा—'वन्दना'

तुम धन्य हो,
जो लोहे की बेड़ियों में ऐसे बाँधते हो
जैसे वह प्यार की कोई डोरी हो...

तुम धन्य हो !
टूटे हुए चावल और नमक खाते हुए
हमारी जुबान धन्य हुई...

'डाटा' उस सूखी पतली टहनी को कहते हैं, जिस पर तोरई जैसी कोई सब्ज़ी लगती है। और सूखी टहनियों को पीस कर जो हड्डियाँ राँधी जाती हैं, वह निरी लेस होती है। नज़रुल ने लिखा—

यह डाटा खाते, यह लेस खाते
हमारी जुबान धन्य हुई...

यह बन्दीखाने की असह्य हालत थी कि नज़रुल ने आमरण व्रत रख लिया। उस वक्त रवीन्द्रनाथ ठाकुर ने लिखा, कहा—''यह व्रत तोड़ दे नज़रुल, हमारे साहित्य को तेरी ज़रूरत है !''

ठाकुर के हाथों का लिखा कागज़ मिलता है—

'Give up hunger strike,
Our literature claims you--'

नज़रुल बन्दीखाने से बाहर आए तो मज़हब और समाज के नाम पर हो रहे अत्याचारों ने एक नई चेतना सामने ला दी, और नज़रुल ने एक रिसाला जारी किया—'सौगात'...

रामकृष्ण परमहंस और विवेकानन्द ने भी उन्हें मोह लिया। काली और कृष्ण ने पहले ही मोहित किया हुआ था, वे पहले ही लिखा करते थे—''श्यामा-माँ मेरा गुरु मंत्र है...और मेरा ठाकुर राधा का श्याम...''

मुहब्बत

नज़रुल की ज़िन्दगी का यह वर्का, जिसका नाम मुहब्बत है, वक्त ने पता नहीं कहाँ सँभाल लिया, इन लोगों ने कभी नहीं देखा। सिर्फ़ यह देखा कि उन्होंने प्रमिला देवी से विवाह किया। एक बेटा हुआ था—बुलबुल—जिसे कुदरत ने उनकी गोदी में खेलने नहीं दिया। फिर दो बेटे हुए, पर तब तक नज़रुल बहुत बीमार हो चुके थे...

ख़लील जिब्रान ने जैसे कहा था कि एक कमज़ोर जिस्म में एक प्रबल आत्मा को झेलना बहुत दुखदायी होता है, नज़रुल के साथ भी ठीक इसी तरह हुआ, उनके कमज़ोर जिस्म से प्रबल आत्मा झेली नहीं गई, और वह होशमंदी के आलम में नहीं रहे...

सुभाषचन्द्र बोस का एक ख़त

दो मई उन्नीस सौ पच्चीस का लिखा सुभाषचन्द्र बोस का एक पत्र मिलता है, दिलीप कुमार राय के नाम, जो उन्होंने जेल से लिखा था—''मैं बंदियों का दर्द कभी नहीं जान पाता अगर मैं खुद बन्दीखाने में न होता। हम नज़रुल इस्लाम का कर्ज़ कभी नहीं चुका सकते, जिसने जेल की ज़िन्दगी को जिया और लिखा...''

कहते हैं—सुभाषचन्द्र बोस जेल के दिनों में नज़रुल की नज़्में पढ़ा करते थे...

कहते हैं—नज़रुल ने करीब तीन हज़ार गीत लिखे...

कहते हैं—नज़रुल की याददाश्त चली गई थी, यानी वर्तमान खो गया था। पर आँखें एक तेज़ नज़र से दूर तक देखती रहतीं—जैसे इस धरती के लिए कोई भविष्य ढूँढ रही हों...

लोग आते, हाथों में फूल-पत्ते भी लाते। कहते हैं कि एक बार, जब कुछ लोग उन्हें फूलों के हार पहना रहे थे, तो वे कहने लगे—''यह क्या कर रहे हो ? मुझे यूँ क्यों सजा रहे हो ? क्या कालीघाट ले जाकर मेरी बलि दोगे ?''

कहते हैं—एक बार नज़रुल ने एक बात पकड़ ली—कि मुझे अपने गाँव जाना है...

दोस्तों ने समझाया—अब कलकत्ता से जाने के लिए वीज़ा चाहिए, पासपोर्ट चाहिए...

नज़रुल हैरान थे—अपने गाँव जाने के लिए मुझे पासपोर्ट चाहिए ? वीज़ा चाहिए ?—अपने घर जाने के लिए ?

दोस्तों ने समझाया—अब बंगाल बँट गया है, तुम्हारा गाँव बाँगला देश में चला गया है...

नज़रुल लोगों की ओर भी देखते रहे, आसमान की ओर भी। हैरान थे—मेरा गाँव कहाँ चला गया है ? मेरा घर कहाँ चला गया है ?

(अपनी दोस्त रूमा शर्मा की मदद से—
कुछ बंगाली पुस्तकों से ली गई जानकारी)

अफ़ज़ल तौसीफ़

बहुत साल पहले की बात है—एक बेहद अहसासमंद ख़त आया था मुझे लाहौर से, लेकिन उसमें नाम-पता नहीं था। नाम की जगह इतना लिखा हुआ था—क़ैदी शहज़ादी...

और मैं क़ैदी शहज़ादी के ख़तों का इन्तज़ार करने लगी, यहाँ तक कि अपनी आत्मकथा लिखाते हुए, उसमें भी एक ख़त शामिल किया था...

सालों बाद एक किताब सामने आई—जिसकी कहानियाँ मन-आत्मा को छू लेने वाली थीं, और उस किताब का समर्पण था—'तोप के मुँह में बैठी फ़ाख़्ता के नाम' और उसकी तशरीह थी—"अगर यह तोप अपने सभी गोले चला चुकी है, तो क्या अब फाख़्ता इसके मुँह में अपना घोंसला बनाने में कामयाब हो जाएगी ?"

किताब भी डाक से आई, ख़त भी, तो पता चला—यह अफ़ज़ल तौसीफ़ हैं, जो मेरे लिए क़ैदी शहजादी थी...। इसके बाद और किताबें सामने आईं, पंजाबी में भी, उर्दू में भी और फिर लाहौर के एक दोस्त इलियास घुम्मण से कहा कि वे अफ़ज़ल तौसीफ़ से एक लम्बी मुलाकात लिखें और मुझे भेज दें—मेरे रिसाले के लिए...

इस वक्त उसी बातचीत के कुछ अंश यहाँ दे रही हूँ, सवालों का हिस्सा छोड़ कर, जो खुद ज़ाहिर हो जाते हैं। यह अफ़ज़ल तौसीफ़ के लफ़्ज़ हैं, जो उन्होंने जवाब में कहे—

"मेरे दिल की बस्तियाँ कई हैं, जिनमें से कई वीरान हो चुकी हैं ...मेरे ननिहाल का और ददिहाल का, दोनों गाँव मुझसे इस तरह छूट गए, जैसे किसी बच्चे से उसकी माँ छूट जाए। सियासत वालों ने मिल कर

मुल्क बाँट लिया। लोग तक़सीम कर लिए। पंजाब भी तक़सीम हुआ। मेरे हिस्से का पंजाब भारत बन गया। अमृता और कृष्ण चन्दर का पंजाब पाकिस्तान बन गया...मेरा सतलुज दरिया कांग्रेस वालों ने ले लिया, उनका रावी मुस्लिम लीग वाले ले गए...

''मेरे ननिहाल वालों का गाँव क़ौम सतलुज के एक किनारे था, और ददिहाल वालों का गाँव सिंबली दरिया के दूसरे किनारे। मेरा जन्म माँ के मायका गाँव में हुआ था, और दाई झंडो ने मेरी पैदायिश के वक्त 'हाय री, लड़की पैदा हो गई' कहकर मेरा स्वागत किया था। ददिहाल में पहले ही बहुत लड़कियाँ थीं, इसलिए मेरी माँ का मुझे लेकर वहाँ जाना अच्छा शगुन नहीं था। उस वक्त मेरी बेवा मामी थी, जो मेरे जन्म पर गुड़ बाँटती रही, और उसने मुझे मेरी माँ से माँग लिया। मेरी वह काकी माँ मेरी पालना करने लगी, और मक्खन-रोटी खिला उसने मुझे सात साल की कर दिया। फिर वह दुनिया में नहीं रही, इसलिए ददिहाल जाना हुआ, जो एक पक्का गाँव था, और वहाँ मुगल ईंटों के बने घर थे। ननिहाल में तो एक छोटी सी मस्जिद देखी थी, लेकिन ददिहाल में बड़े-बड़े मन्दिर भी देखे। ननिहाल में सिर्फ़ ईद का त्यौहार देखा था, लेकिन ददिहाल में लोहड़ी, दीवाली, दशहरा, होली सब देखे...

''दीवाली के दिन दादी के घर में कड़ाही चढ़ती—लड्डू बनते और बाँटे जाते, वे लोग कुर्बानी वाली ईद नहीं मनाते थे। सुना कि हिन्दू राजपूतों को मुसलमान हुए बहुत अरसा नहीं हुआ...

''बाप की नौकरी के सिलसिले में बलोचिस्तान जाना हुआ, जहाँ मैं पढ़ती रही। लेकिन मुझे कभी जवानी नहीं आई, शायद इसीलिए मेरे बाप ने बी.ए. करने के लिए मुझे को-एजुकेशन वाले कालेज में भेज दिया...

''इश्क कभी हुआ नहीं, कालेज में जितने भी लड़के थे, उनके नम्बर मुझसे कम आते थे, इसलिए वे मुझसे जलते थे। फिर लाहौर जाना हुआ, जहाँ एम.ए. किया। मैं एक संजीदा और उदास लड़की मानी जाती थी, शायद इसीलिए कभी इश्क नहीं हुआ, हालाँकि अपने महबूब का एक तसव्वुर मेरे ज़हन में ज़रूर था, और मेरे अन्दर कहीं बैठी हुई जो दूसरी तौसीफ़ थी, वह मुझे कहती—'अरी, ख़ामोश हो जा ! अहिस्ता बोल ! मीठी-मीठी कहानियाँ लिखा कर। शहद का चुल्लू लेकर जुबान की कड़वाहट धो ले।'—लेकिन, मैंने कभी उसकी बात नहीं सुनी...

अफ़ज़ल तौसीफ़

''मेरी कमिटमेंट तो किसी खुदकुशी करने वाली औरत से थी, भीख माँगने वाले बच्चों से, जेल में पड़े कैदियों से, मज़दूरी करते बच्चों से और रेप की जाती बच्चियों से...

''मुल्क की तक़सीम के वक्त मेरे ननिहाल और ददिहाल दोनों गाँव उजड़ गए। दादा का घर लाशों से भर गया। बड़ा ताऊ और उसका इकलौता बेटा कत्ल हुए। उसकी चार बेटियों में से दो अग़वा की गईं...मरने वालों में दादी भी थी, बड़ी ताई भी, और छोटी ताई भी...

''मेरा एक ताऊ और मेरे अब्बा उस वक्त बाहर गए हुए थे, इसलिए बच गए। मेरी माँ मुझे लेकर अपने मायके गई हुई थी, इसलिए बच गई। मैं पनाहगीर हुई, काफ़िले और कैंप देखे, और हर राह पर बिछी हुई लाशें देखीं...

''गाँव का एक शायर था—अहमद। उसने रोकर लिखा था, 'आज हमारी पैली के किनारे बन्दूकें उग आईं'—और मज़हब का जनून रखने वालों ने उसे भी क़त्ल कर दिया...''

यह अफ़ज़ल तौसीफ़ हैं—इतिहास के ज़ख़्मों को अपने बदन पर लिए हुए, और उनकी कहानियाँ, हज़ारों अहसास लफ़्ज़ों में लिए...

यहाँ उनकी एक कहानी दे रही हूँ—

नवीदा

वह फूलों से लदी टहनी जैसी थी पर उसने खुदकशी कर ली। क्यों ? जब वह इतने भरे घर की थी, तो उसने खुदकशी क्यों की ? क्या कोई इश्क की बात थी ? नहीं, वह दो बच्चों की माँ थी। फिर ? अधिकतर लोग रिज़क की तंगी से मर जाते हैं। क्या उसने भी इसी वजह से बच्चों को साथ लेकर जान गवा दी ? यह बात भी नहीं। ख़बर में लिखा हुआ था—वह एक बड़े अफसर की बीवी थी। उसके कुचले हुए बदन पर लिबास की जो कतरनें रह गई थीं, वह खूब महंगे कपड़े की थीं। उसकी बच्ची के सुर्ख जूते, जो बिल्कुल सही-सलामत बचे रहे थे, माल रोड की दुकान से ख़रीदे हुए थे। और उसकी गोदी का फूल—महँगे कंबल में लपेटा हुआ मिला।

नवीदा ने जान लेते वक्त बच्चों को इस तरह अपने से लिपटाए रखा, जैसे वे उसके जिस्म का हिस्सा ही थे। बच्चे माँ के जिस्म का हिस्सा तो होते हैं, पर मौत की वादी की ओर जाते हुए, माएँ अपने इस हिस्से को अलहदा कर देना पसन्द करती हैं। नवीदा का तो सारे का सारा वजूद रेल की पटरी और पहियों के बीच कुचल गया था। कोई हाथ या दिल अलग होकर नहीं पड़ा था। उसने शायद चाहा भी इसी तरह हो। वह शायद इतनी कंजूस थी कि अपनी कोई चीज़ किसी के लिए छोड़ कर नहीं गई। जो कुछ भी उसका था, दोनों बाज़ुओं में समेट कर ले गई। और जो पीछे रह गया ?

वह जो उसके नाम के साथ जुड़ता था—कोठी जैसा घर, अफसर जैसा शौहर, यानी उसके बच्चों का बाप—वह शायद सब कुछ उसका नहीं था। वरना वह कुछ तो दरेग़ करती।

हमारा सवाल यह था कि उसने खुदकशी क्यों की ? क्या एक घर, जो कोठी जैसा हो, एक शौहर जो अफसर भी हो, एक बेटी और एक बेटा जो फूलों से भी बहुत प्यारे हों, और खुद उसकी खिले हुए गुलाब सी जवानी की उम्र, क्या यह सब

कुछ एक औरत को जीवित रखने के लिए बहुत काफ़ी या उससे भी कुछ ज्यादा नहीं होता ? इक्कीस साल की उम्र में तो लोगों के ख़्वाब भी नहीं मरते। एक वह थी, जो यह सब कुछ पा लेने के बाद उसे ठुकरा कर चली गई। क्यों ? मौत के दूसरे दिन अख़बार में उसकी शनाख्त के बारे में जो इत्तला छपी, उसके एक हिस्से पर थोड़ा-सा गौर किया जा सकता है। वह इसलिए मर गई कि उसे ग़रीब की सन्तान होने से दहेज में सोफा कालीन न लेकर आने के तानों ने दुखी कर दिया था। अख़बार वाले क्या जानें ! मुमकिन है—यह बहाना किसी के काम आने वाला हो, पर मैं तो उन लोगों की कहानी लिखती हूँ जो दिल बहलावे की बातें पसन्द नहीं करते। फिर सोचने की क्या बात है ! सीधी बात यह भी है कि नवीदा ग़रीब की बेटी थी, और उसे वह ताने उसी दिन से मिलने लग गए होंगे, जिस दिन उसने अपने बाबुल के कच्चे आँगन से कदम उठा कर ससुराल के टाइलों वाले फ़र्श पर रखा होगा और उसके दहेज में आए टीन के सन्दूक को छुपाने के लिए उस रौशन बंगले में कोई मैली कोठरी नहीं मिल पाई होगी।

ठीक है, चिकने फ़र्श पर चलने की उसकी आदत नहीं थी, पर फिसल कर गिरना होता तो तभी गिर जाती, जब उसके चेहरे पर घूँघट था और पैरों में नई-नई सैंडिल। पाँच वर्ष ताने सहकर और दो बच्चों की माँ बन कर तो औरत के पैर चिप्स के फर्श पर तो क्या, सोने के फ़र्श पर भी पक्के हो जाते हैं। दिखने में यही आया है कि गरीब की बेटी विवाह हो जाने पर अमीर घर में चली जाए, तो पाँच साल बीतने से बहुत पहले ही फैसला हो जाता है—क्या वह फिसल कर गिर जाएगी, यह वहाँ के चिकने फर्श पर नाचना सीख लेगी। नाचना इसलिए कि वैसे भी ससुराल में बहू के लिए सब कुछ ठीक नहीं होता। फिर जब फ़र्श मिट्टी-गारे और ईंट-सीमेंट का हो, तो बिना करतब के चलने में पैर डगमगा जाने का ख़ौफ़ होता है। पर अगर कोई माँ की जाई किसी तरह कई बारह मास काट ले, और कई मौसम झेल जाए, तो फिर रेल की पटरी पर सिर देकर मरने की नौबत नहीं आती। अलबत्ता कई अन्य किस्म की वारदातें हो सकती हैं। मिसाल के तौर पर—तेल का चूल्हा ऐन उस समय फट जाता है, जब उसके ऊपर झुकी हुई वह रोटी सेंक रही हो। ऐसी वारदातें दहेज के चूल्हों पर होती हैं। और फ़कत उसी को जलाती है, जो यह छोटा-सा तोहफा लेकर आई होती है। कभी-कभी ऐसी वारदातों का नाम खुदकुशी भी होता है और जिसमें से कोई ब्याहता चूल्हे से तेल निकाल कर कपड़ों पर छिड़क लेती है। या फिर छोटे-मोटे तानों की जगह, बड़ी तोहमत और इल्ज़ाम के पत्थरों से उसे हलाक़ किया जाता है। दिल छलनी करने की जगह सिर तोड़ने या गला काटने का अमल करना पड़ता है। घर-गृहस्थी से घिरी हुई जगह ख़ाली कराने के लिए कोई ऐसी बड़ी बात ज़रूरी होती है। यह महज़ नश्तरज़नी से पूरा नहीं होता—सुइएँ चुभोने से भी

नहीं। इसकी जगह चाकू-बर्छे काम में लाने पड़ते हैं। पाँच बरसों के पेड़ की जड़ें इतनी गहरी हो जाती हैं कि ऊपर से पकड़कर, खींचकर निकालना मुमकिन नहीं होता, बहुत कुछ खोदना, काटना पड़ता है। फिर हमारी औरत ! उसका वश चले तो कब्र भी ख़ाविन्द के आँगन में बनवाया करे ! सौतन आ जाए तो भी जगह ख़ाली नहीं करती, बल्कि कुछ और मज़बूत पैरों से खड़ी हो जाती है। और अगर दो-चार बच्चे हैं, तो समझ लो, बरगद के कई तने और बन गए। इतने बड़े पैमाने की काट-छाँट चुपचाप, या रातों-रात नहीं हो सकती।

पर हमारी आज की नायिका ने तो तमाम बातों पर पानी फेर दिया। अजब बेनियाज़ी का मुज़ाहिरा किया है उसने। न खोदने-तोड़ने को हंगामा होने दिया, न किसी के हाथ को या ज़मीर को हथकड़ी पड़ने दी। न कचहरी ले जाना पड़ा किसी को। बस, चुपचाप अपना वरका फाड़ कर ठप्प से किताब बन्द कर दी। नायिका बनने का कोई अन्दाज़ नहीं था ! वह थी भी क्या ! यहाँ जवान औरतें आहिस्ता-आहिस्ता मरती रहती हैं, कोई नहीं पूछता, एक ही बार में मर जाए तो भी कोई नहीं पूछता। बस, थोड़ी देर कुछ कर्ज़दारों की जुगाली, और कुछ कियाफ़े लगाने वालों की जम्हाई के बाद, लोग फिर से अपने काम-धंधों में लग जाते हैं। होना तो नवीदा के साथ भी यही था, तहलका तो ख़ैर वह अब भी नहीं मचा सकी, फिर भी खाते-पीते घर के दो आँख के तारों जैसे बच्चों को साथ लेकर मरने से कुछ ऐसे सवाल खड़े हो गए, जो हर औरत की खुदकुशी से खड़े नहीं होते। मतलब—उस से थोड़े से दिन पहले, चार बच्चों की एक माँ, एक नाई की बीवी ने, शौहर के उस्तरे से बच्चों का गला काट कर, अपना पेट चीर लिया, तो इस ख़बर से कोई नहीं चौंका। क्यों ? किसलिए ? किसी क़िस्म के सवाल नहीं उठे थे। अव्वल तो मरने से पहले वह अपना बयान लिखवा गई, दूसरे, शौहर की बदसलूकी और परिवार की ग़रीबी ऐसे मामले हैं, जो हमारे माहौल में हमेशा मौजूद रहते हैं। जैसे ज़मीन पर हमेशा हवा मौजूद हो।

ग़रीबी, मुफ़लिसी के मारे लोग एक दूसरे को कोसते ज़िन्दा रहें, या खुदकुशी कर जल्दी मर जाएँ, कुछ फ़र्क नहीं पड़ता। दोनों बातें सही हैं और मुआशरे की ज़मीर को कतई नार्मल और ख़ामोश रखती हैं। जन्म-जन्म से लोगों का भूखे मरना या गला काटकर मरना, एक ही तरह का अमल है। कुछ लोग बर्दाश्त की मिट्टी से अच्छी तरह लथपथ होते हैं।

वे भी अंत में बिखर कर मिट्टी हो जाते हैं। कुछ कोरे पैदा होते हैं, अंजाम उनका भी वही होता है। यह बात उन लोगों की है, जो इस ज़मीन पर बहुत सारे हैं, और धरती की मिट्टी पर बिछ कर पड़े रहते हैं।

पर हम बात कर रहे थे नवीदा की जो ज़मीन से ख़ासी ऊपर उठा ली गई थी। छोटी ही सही, कहलाती तो बेगम ही थी न! इस तरह के छोटे साहब और छोटी बेगमात मिल कर ही तो वह श्रेणी बनाते हैं, जिसे हम सुखी मिडिल क्लास कहते हैं। सुखी, या सुख की धुन में मस्त, ये मख़लूक बहुत चाव से चिप्स के फर्श पर चलती है, अंडा-टोस्ट खाती है, फ्रिज का पानी पीती है, क्रेप के थान पर जापान की मोहर देखे बिना, कपड़े की क्वालिटी से तसल्ली नहीं कर सकती। और बच्चे की जूती ख़रीदनी हो, तो बड़े शौक से माल रोड जाती है। इस तबक़े के मर्द-औरत ज़िन्दगी के साथ सख़्त लीचड़ होकर रहते हैं। इस लीचड़पन ने उनके अन्दर सदमा समेटने की इतनी सलाहियत पैदा की होती है, जितनी कि लिजलिजे प्लास्टिक की होती है। उन में 'एडवेंचरिज़्म नहीं होता', और न ही कभी टूटकर खुदकुशी करते हैं। ख़ैर, हमें फिलहाल दरमियाने तबके वाले लोगों का किरदार नहीं परखना, जो देखना है, वह यह कि क्या इस कबीले की एक नौजवान विवाहिता और गोदभरी औरत की खुदकुशी की वारदात से किसी पुरइसरार वाक्य या सनसनीख़ेज़ कहानी का नुक्ता निकल सकता है कि नहीं ? हमें यह इत्तला तो अख़बार ने दी कि नवीदा ग़रीब घर से ब्याह कर लाई गई थी, लिहाज़ा—मुरब्बों, फैक्टरियों और बैंक रकम का मसला नहीं था। रही दूसरी बात—बेशक उसका शौहर शरीफ़ नाम और शरीफ़ जाति के साथ, अपने ओहदे, रुतबे, और तालीम की बिना पर, तहज़ीबयाफ़्ता खुद-बखुद था और दूसरी बीवी का चक्कर भी नहीं बनता। नवीदा तो खुद ही नम्बर दो थी। किसी तीसरी वजह से शरीफ़ साहब उसे हलाक़ करना चाहते, तो यह नक्शा-वारदात न होती। यानी रेल की पटरी और गाड़ी के पहियों से यह काम न लिया जाता। अगर मजबूरन लिया भी जाता, तो बच्चे माँ की गोद में न होते। यह वारदात तो नवीदा की अपनी बनाई लगती है। पर उसने ऐसा क्यों किया ? यह सवाल है, जिसका जवाब ढूँढने के लिए उन दोनों घरों में जाना पड़ेगा, जहाँ उसने पहले और आख़िर के ज़िन्दगी के दिन गुजारे।

नवीदा का मायका कच्ची बस्ती से मिलती-जुलती आबादी में दो कोठरियों के आगे छोटे-से आंगन वाला घर था। इस घर में दो ही खूबसूरत चीज़ें पैदा हुई—एक जामुन का पेड़ जो नवीदा ने बचपन में बोया था, और अब तक सुर्ख़-सब्ज़ कोपलों से लदा हुआ खड़ा है, दूसरी नवीदा, जिसे माँ ने बिना किसी इरादे के पैदा किया, और आज वह अपनी कोपलों सहित फ़ना हो चुकी है। यह मकान नवीदा के बाप ने अपने हाथों से उसारा था—उसका दादा भी राज-मिस्त्री का काम करता था और काम की तलाश में महलों-गाड़ियों के शहर में आ गया था। शहर में कई अच्छी-अच्छी कोठियाँ और मकान उसके बाप-दादा के हाथों के बने हुए हैं, पर अपना घर तो हर कोई अपनी हैसियत के मुताबिक ही बनाता है। इसी घर में नवीदा पल कर

जवान हुई। उसके आठ भाई-बहन थे। उसका अपना नम्बर पाँचवाँ था। ऐसे घरों में बच्चे रोटी का ग्रास बाँट कर खाते हैं, और एक-एक चारपाई पर तीन-तीन, चार-चार के गुच्छों में सोते हैं। माँ-बाप को उनके मुँह धोकर काला तिलक लगाने की जरूरत नहीं पड़ती। फिर नवीदा तो न पहली न आख़िरी, किसी भी तरह माँ-बाप की आँखों का तारा नहीं थी। उससे पहले चार बच्चे, और उसके बाद तीन। दुबली-पतली, सूखे घास जैसे बालों का ढेर, धूल-मिट्टी से लिपटे हुए, और नक्श नाज़ुक और निखरे हुए। यह लड़की अकसर छोटे बहन-भाइयों को उठाए घूमती, और कभी-कभी फट्टी-बस्ता लेकर स्कूल चली जाती। इसी तरह पाँच-सात जमातें पढ़ भी गई। बड़ी तीनों बहनों का विवाह हो गया तब घर में उसकी भी हैसियत बनी। परिवार का ख़ास काम, यानी दाल उबालना और रोटियाँ सेंकना, उसके ज़िम्मे लगा। बाप घर में दाख़िल होकर अब सगरी, कबरो और आयशा की जगह उसका नाम लेकर आवाज़ देता था। उम्र का वह हिस्सा, जहाँ ग़रीबों की लड़कियाँ, सुर्ख परांदे, और ऊँची एड़ी की जूती का ख्वाब देखती हैं, अभी आया भी नहीं था कि नवीदा के लिए रिश्ता आ गया। यूँ तो उसकी बहनों की माँग भी इसी उम्र में आई थी, पर यह रिश्ता बस्ती के किसी मिस्त्री, मोटर मिकैनिक, या रेहड़ी लगाने वाले का नहीं था, बल्कि समनावाद के एक खाते-पीते घराने की ओर से था। लड़का अच्छा अफ़सर, हजारों की तन्ख़ाह, खूब अच्छी केक-पेस्टरी के रंग की कोठी, जात-बिरादरी ऊँची। कोई बूढ़ा-सा होता तो बहुत हैरानी न भी होती, बेजोड़ रिश्तों की सीढ़ियाँ तो ऊपर-नीचे चढ़ती-उतरती रहती हैं। ऊपर की निकम्मी लड़कियों के लिए दरमियाने दर्जे के कुछ लायक लड़के, सोने की ज़ंजीर डाल कर खींच लिए जाते हैं—और वहीं के शौकीन बूढ़ों के लिए कच्ची कलियाँ बहुत नीची झाड़ियों से तोड़ ली जाती हैं, पर यहाँ तो हर चीज़ शानदार थी। शरीफ साहब की उम्र बेशक नवीदा से दुगुनी होगी, पर खाते-पीते घरों में मर्द, बल्कि औरतें भी पैंतीस-छत्तीस वर्ष की उम्र में, नौजवानों से कहीं ज्यादा शानदार दिखाई देती हैं। फिर शरीफ़ साहब तो थे ही बहुत सुन्दर।

मुश्किल से नवीदा के बाप की समझ में बात आई। दूसरे दिन बिचौलिन ने अन्दर की बात बोली कि दूसरी शादी इसलिए करना चाहते हैं क्योंकि पहली से औलाद नहीं हुई। वैसे तो वह बराबर के खानदान की है, खूबसूरत है, पढ़ी-लिखी है, उसकी ओर से बहुत कुर्बानी की बात है। कई लड़कियाँ देखीं, पर यह रिश्ता ख़ास उसकी पसन्द का है। बस—कोई बेजुबान-सी चाहिए है, जो राज तो करे, पर उसका हक बरबाद न करे। मिलजुल कर रहे। अल्लाह ने फ़ज़ल किया तो हुक्म हासिल-औलाद वाली का चलेगा, आदि-आदि...

नवीदा के बाप ने दुनियादारी की ख़ातिर दो-चार दिन सोचकर जवाब देने के लिए कहा, तो उधर से दस हजार का हक मेहर जेब ख़र्च के साथ भेज कर, उस

ओर के ख़र्च-पानी का बोझ हल्का करके तारीख़ माँग ली गई।

शादी की रात उस बेज़ुबान लड़की ने, अपने कमरे के बाहर तक अच्छा-ख़ासा ड्रामा देखा—दुल्हन से ज्यादा सजी हुई उस औरत ने, जो औलाद की ख़ातिर क़ुर्बानी देने वाली थी, दिन डूबने, बेहोश होने, और ग़म का पहाड़ टूटने का तथा और भी बहुत कुछ बोलने और अदाकारी के सीन किए। उधर शरीफ़ साहब, जिन्होंने नवीदा के दूल्हा बनने का तकल्लुफ पहले ही नहीं किया था, ख़ालिस फिल्मी अन्दाज़ में इस बारह बरसों के बाद ब्याही को बाज़ुओं में सँभाल कर और सदके-क़ुर्बान होते हुए, प्यार का मेंह बरसाकर—बिस्तर पर ले गए। और पहली को—दिल को ढांढस बँधाने वाली गोली खिलाई, कहा, "फिक्र न करो, मैं तुम्हारा हूँ, सब कुछ तुम्हारा है, यह भी तुम्हारी ख़ातिर किया है मेरी जान ! तुम ही तो कहा करती थीं कि बच्चों के बिना...और ऐसे जुमले अदा करते हुए उसके बालों को दुलारते रहे, और वह जब शौहर के बाज़ुओं में सो गई, तो दूसरी से इन्साफ़ करने आए। तब रात काफी ढल गई थी, नवीदा नन्हीं-सी बच्ची की तरह सोई हुई थी। नींद में उसे भूल गया था कि वह अपनी चारपाई की जगह सुहागरात की सेज पर सोई हुई है। मर्द के हाथों ने उसकी नींद का सिलसिला तोड़ा तो उसे याद आया, वह सब कुछ भी, तो सोने से पहले उसने देखा-सुना था, 'यह आदमी तो दूसरी का है'—यह उसका पहले गुस्से का अहसास था। शौहर का स्पर्श गैरमर्द का स्पर्श था। उस वक्त नई दुल्हन के बदन ने एक तमन्ना की—अपने पत्थर हो जाने की। इस घर में नवीदा का कमरा एक दुल्हन के कमरे की तरह नहीं, बल्कि एक मेहमान के कमरे जैसा था जिसमें सिर्फ उसकी जरूरत की चीजें रखी गई थीं। मियाँ साहब रात का बीच का हिस्सा गुजारने के लिए उसके पास आते थे—रात पड़ने पर जब घर की बत्तियाँ बुझ जाएँ। और भोर होने से पहले उठकर दूसरी ओर चले जाते थे। बिल्कुल उसी तरह जैसे शरीफ आदमी फ़ज़र की नमाज़ से पहले कोठे से उतर कर घर पहुँच जाना जरूरी समझता है। रात का पहला और आख़िरी पहर वह अपने मास्टर बिस्तर पर गुजारते थे। जहाँ मास्टर बीवी और डबल बैड बड़ी नुमायश के साथ सजे हुए थे। वह वहीं सोकर उठते थे। वहीं उनकी बैड टी आती। वहीं से तैयार होकर दफ्तर जाते। बेगम बड़ी चुस्ती से उठकर पहले अपना मुँह रंग-रोगन से ताज़ा करतीं, फिर मेज़ पर नाश्ता लगवाते हुए, नवीदा का हिस्सा ट्रे में लगवा कर उसके कमरे में भेज देतीं। यह हरकत वह दोहरे उद्देश्य से करतीं, एक यह ज़ाहिर करने के लिए कि नवीदा को डाइनिंग टेबल के अदाब का सलीका नहीं। फिर शौहर पर नेकसीरती का रोब डालने के लिए, इस पेशबन्दी के लिए कि कहीं नवीदा उठकर बाहर न चली जाए और मेज़ के नाश्ते या बावर्चीखाने के इन्तज़ाम में न शरीक हो जाए। और काम होता—शौहर को ड्रैसअप होने में मदद देना। टाई की गाँठ तो उसके बिना ठीक बँध नहीं सकती थी। विलायती

खुशबू की फौहार, जेब में, सूट के रंग का, या टाई से मैचिंग रूमाल रखना। और बाज़ू के साथ झूमते हुए गाड़ी तक छोड़ने जाना। और बार-बार हाथ हिलाते हुए जल्दी लौटने की ताकीद करना। मक्कार के बदन पर दिखावे के कपड़े भी कैसे पूरे आ जाते हैं कभी-कभी...

फिर कुछ महीनों बाद जब नवीदा की गोद हरी की खुशबू फैली तो हालात थोड़े से बदल गए। दिन के समय भी मियाँ कमरे में आ बैठते, हंसते-बोलते, कोई-न-कोई तोहफ़ा भी रोज़ उसके लिए ले आते। फलों-मिठाइयों की चहल-पहल हो गई। सेहत पर पूरी तवज्जो दी जाने लगी। इतने प्यार से खिलाते-पिलाते, जैसे अपने बच्चों को ही खिला-पिला रहे हों। यहाँ तक कि पहली बार फिल्म दिखाने की उसे दावत मिली। चाहे ठीक समय पर बड़ी के सिर में सख़्त दर्द होने लगा, और नवीदा, मियाँ की जगह ननद के साथ ही जाकर फिल्म देख सकी।

बच्ची पैदा हुई तो माँ के दिल में अपने लिए भी कुछ नई उम्मीदों ने जन्म लिया। अस्पताल में उसे शौहर का इन्तज़ार था, जो वह अपनी बच्ची के बाप के लिए कर रही थी। वह आया तो साथ में सौतन भी आई। नई-नई कोपलों पर आग बरस गई, जब नवीदा की आँखों के ऐन सामने शरीफ़ साहब ने बच्ची को उठा कर बड़ी की गोद में डाल दिया, और उसे यूँ मुबारकबाद पेश की, जैसे यह ख़ास तोहफा उसी के लिए लेकर आए हैं। फिर घर आते ही जश्न शुरू हो गए। नवीदा के मायके से तो अभी कुर्ता-टोपी भी नहीं आया था पर बड़ी के घर वाले सोने के कंगन और टीक लकड़ी का पालना बच्ची के लिए और मिठाइयों के टोकरे और पंजीरी का कनस्तर लेकर पहुँच गए। नवीदा दुशमी नहाई, तो बड़ी ने डेढ़ हजार की साड़ी पहनी, और बच्ची को विलायती फ्राक में सजा कर गोद में लेकर तस्वीर खिंचवाई। यह पहली तस्वीर थी जो उस घर में औलाद होने के बाद खिंचवाई गई, इस तरह कि बच्ची के हाथ में सौतेलों के पहनाए कंगन थे। विलायत से आया मामू कैमरा ताने खड़ा था। सौतेली माँ मुस्करा रही थी, और ममता के पोज़ बदल-बदल कर तस्वीरें उतरवा रही थी। नवीदा ने कमरे की खिड़की से सब कुछ देखा, फिर पलट कर आईने में अपनी सूरत देखी—पीली हल्दी-सी अकेली लड़की में उसे सुहागिन, मालकिन, और माँ कहीं नहीं दिखी। शिद्दत से उसका दिल किया कि वह अपनी बच्ची छीन कर भाग जाए। दीवार से कूद जाए। अपनी बस्ती में जा पहुँचे बल्कि उससे आगे कहीं दूर जा निकले जहाँ यह औरत न हो। हम ख़ानदान के लोगों में से कोई भी न पहुँच सके। यह लोग उसकी बच्ची की सूरत न देखें और वह उनकी आवाज़ तक न सुनें।

पर अभी तो इस घर में उसका मिशन पूरा नहीं हुआ था। अभी तो उसने

लड़की को जन्म दिया था, वली अहद की ज़रूरत तो अभी बाकी थी। कसे हुए बदन और कश्मीरी रंग-रूप वाली उसकी सौतन और उसका अमीर-कबीर मायका, सोने के कंगन, सलमों-सितारों से जड़ी साड़ियाँ ख़रीदने की बहुत हैसियत रखते थे, पर औरत के जिस्म के अन्दर बच्चा बनाने वाली मशीन के गुमशुदा पुर्जे कहीं से ख़रीदकर लाने की हैसियत उनमें नहीं थी। पिछले दस-बारह बरस में सिरतोड़ कोशिश की थी कि उस खूबसूरत जिस्म के अन्दर की ख़ामी का कुछ कर लिया जाए पर कुछ चीज़ें सिर्फ कुदरत के कारखाने में बनती हैं और कुदरत की देन से मिलती हैं। उनको हासिल करने में न सऊदी अरब का सिक्का रियाल काम आता है, न इंगलिस्तान के डाक्टर, न अमरीका की दवाएँ और न ही दाता साहब और काबा शरीफ से माँगी दुआएँ, और मिन्नतें-मुरादें। फिर भी एक हिसाब से दौलत की ताकत को झुठलाया नहीं जा सकता। और दूसरा असूल एक्सप्लाएटेशन का है। इन दोनों को मिलाकर बहुत से काम निकाले जा सकते हैं, कई किस्म की कमियाँ पूरी की जा सकती हैं। उनके बलबूते पर नवीदा लाई जा सकती है। नवीदा एक लड़की, जिसकी बच्चेदानी तन्दुरुस्त और मुकम्मल हो, और आसानी और सस्तेपन का यह आलम कि एक कमरे में सिर्फ चारपाई की जगह, दो समय का खाना, और क्रेप के चार जोड़ों के बदले, वह उन को बेटियाँ-बेटे पैदा करके दे सकती है।

नवीदा एक सस्ती मार्किट से ख़रीद कर लाई गई थी। बेगम ने यह सौदा खुद किया था, इसी डर से कि शरीफ़ साहब औलाद की ख़ातिर दूसरी शादी किसी बराबर वाले के घर में न कर लें। वहाँ तो हक, दौलत और दिल सब कुछ बाँटना पड़ता है। बड़ी कीमत चुकानी पड़ती है। बहुत कुछ हाथ से देकर अपनी मनवाने की जगह दूसरी ओर की शर्तें माननी पड़ती हैं। पर यहाँ तो बटुए की एक नुक्कड़ भी ढीली नहीं हुई थी, और हक माँगने की मजाल उस कच्ची बस्ती की लड़की और ग़रीब की बेटी में कहाँ। उसे तो कच्ची उम्र में इन बातों का शऊर भी नहीं आया था कि वह बाँध ली गई। रही शरीफ़ साहब के दिल की बात, अव्वल तो इस किस्म के मर्दों का दिल जीतने के लिए बहुत तोहफ़ों की जरूरत होती है। और रुपए का नए से नया इस्तेमाल और होशियारी, सो इन सभी में वह बड़ी माहिर थी, और नवीदा महज़ शून्य के बराबर।

अब सूरत यह थी कि जली कोख वाली तो बच्ची की माँ और मालकिन का रोल अदा कर रही थी, और वह जिसकी कोख हरी हुई थी, फ़कत आया के फ़र्ज़ों को सँभाल रही थी, यानी रातों को जागना, दूध पिलाना, मल-मूत्र संभालना। अठारह बरस की उम्र में वह कमज़ोर, पतली और मुर्झाई हुई औरत दिखने लगी थी, और दूसरी उससे पन्द्रह बरस बड़ी सौतन दिन-ब-दिन तरोताज़ा और बनाव-शृंगार में बढ़ती ही जा रही थी। सारा दिन रंग-रोगन से लथपथ तो रहती ही थी, पर मियाँ की आमद

से पहले तवायफ़ों की तरह सज-धज कर बैठती। हर शाम दोनों बाहर जाते। शादियों, दावतों और मेल-जोल की सभी जगहों पर इकट्ठे जाने के लिए वही बीवी थी। नवीदा के घर में रहने के लिए अब बच्ची की देखभाल का अच्छा बहाना मिल गया था। उन दोनों की ग़ैर-मौजूदगी में वह कमरे से बाहर निकलती। सारे घर में घूम-फिर कर देखती—क्या यह मेरा घर है ? फिर वह आहिस्ता से मास्टर बैड का दरवाज़ा खोलती, शानदार डबल बैड, साथ-साथ रखे हुए गुलाबी तकिए। इत्र की खुशबू। सिरहानों के नीचे से झाँकते अंग्रेजी के चिकने-चिकने रिसाले। वह पढ़ नहीं सकती थी, पर तस्वीरें देखकर उसे ठंडा पसीना आ जाता। कास्मेटिक्स से सजी ड्रैसिंग टेबल का बड़ा आईना बिस्तर के मंज़र को दिखाता। चाँदी के फ्रेम में जड़ी दूल्हा-दुल्हन की तस्वीर एक सामने, साथ की मेज़ पर दोनों की कई और तस्वीरों में उसकी सौतन कई तरह की अदाकारी करती दिखती थी। और दिखता—कि शौहर उसे प्यार करता था। अलमारी में दोनों के कपड़े साथ-साथ रखे हुए थे। यूँ लगता जैसे वह साथ-साथ चल रहे थे। नवीदा की आँखें जलने लग जातीं। पेट में जैसे पत्थर पड़ जाते। मैं यहाँ क्या हूँ ? किसलिए हूँ ? यह लोग मुझे क्यों लाए हैं ?

पालने में सोई बच्ची उसका जवाब थी। नज़र पड़ते ही उसे नफ़रत-सी आती। पर दूसरे पल उसे उठा कर वह सीने से लगा लेती। उसका मन करता—वह किसी ऐसे घर में जाकर रहे, जिस तरह का उसकी आपा का घर था। एक कमरा, दो चारपाई, कच्चे-पक्के बर्तन, अपना घर, अपना बच्चा, अपने दिन, अपनी रातें, अपने दुख-सुख, और अपना हँसना-रोना। पक्षी के पंख ज़ख़्मी थे, और महल की दीवार बहुत ऊँची थी। मोटर के हार्न की आवाज़ सुनाई देती और नवीदा दौड़ कर अपने कमरे में चली जाती। आँखों पर हाथ रख कर बिस्तर पर लेट जाती। उसकी सौतन हँसी के घुँघरू बजाती-खनकाती—मुँह में पान, हाथों में गजरे। फिर वह ममता भरे अन्दाज़ में सोई हुई बच्ची को पुचकारती, दुलारती, और उठाकर मियाँ के सामने ले जाती। और वे दोनों नवीदा की बेटी का मुँह चूम लेते और खिलखिला कर हँसते। नवीदा के दिल में एक अँगीठी तप जाती। और वह खुली आँखों के साथ सोई रहती। रात कुछ और ढल जाती तो शरीफ़ साहब के कदम उसके कमरे की ओर आते, और बिना रोशनी किए वह नवीदा पर गिर जाते। नवीदा की कनपटियों से जैसे आग निकलने लगती। पूरी ताकत जमा करके वह उस बोझ को परे धकेलती, और सिर्फ इतना कह सकती—'क्यों आए हो, जाओ न उधर अपनी बेशर्म बीवी के पास' और बेतहाशा रो पड़ती। शरीफ़ साहब उसके आँसू पी जाते...''मेरी बीवी तो तू है नवीदा ! वही बीवी होती है जो जड़ें लगाती है।''—''अच्छा, कल सुबह उसके सामने यह बात कहोगे न !'' —जवाब में वह नवीदा का चेहरा सीने से लगा लेते।

अगला बरस ख़त्म होने से कुछ महीने बाद ही दूसरा बच्चा हो गया। इस

बार यह लड़का था। अल्लाह की नेमत, दो बच्चे। घर खुशियों से भर गया। पर उन खुशियों में नवीदा का हिस्सा कितना था ? उतना ही, जितना एक मिल में पैदा होने वाली दौलत में मज़दूर का होता है, शायद उससे भी कम।

दूसरे बच्चे की बार वह बहुत कमज़ोर थी। कई दिन अस्पताल में रहना पड़ा और उधर वह लोग बच्चे को घर ले आए। पहले बेटे के जश्न की शुरुआत बहुत बड़े पैमाने पर हुई। मुबारक-सलामत, लड्डू-पिन्नियाँ, नाच-गाना। पर नवीदा की ज़रूरत पड़ ही गई, बच्चे ने ऊपर का दूध हज़्म नहीं किया। 'माँ के दूध के अलावा कुछ नहीं चलेगा', डाक्टर ने कह दिया। नवीदा की ख़ातिर-तवज्जो होने लगी। दूध, मक्खन, फल, और विटामिन जो बच्चे की खुराक मुहय्या कर सके।

इस बार एक नई बात भी हुई। इकलौती ननद, जिसने छोटी भाभी से कभी गहरी तो नहीं छानी थी, पर कभी सताया भी नहीं था, अब बहुत बदली हुई पेश आने लगी थी। बात यह थी कि बड़ी का कुवैत-पलट भाई नवीदा के बच्चों और अपनी बहन की तस्वीरें उतारते-उतारते कैमरे की आँख से, और कभी नंगी आँख से भी, बहनोई की जवान बहन को देख लेता था। पर इस जोड़े का बनना या न बनना बड़ी के हाथ में था। बड़ी की खुशामदी के लिए उसने इतने दिनों बाद नवीदा के मायके की ग़रीबी को उछालना शुरू किया—"यह जो हमारे घर में सौ मन्नतों-मुरादों का भतीजा आया, और यह देखो, जो ननिहाल छक आई है," यह कह कर उसने दोनों निकर-सूट, जो नवीदा की बहन लाई थी, हवा में उछाल दिए। "उठाओ, इधर रख दो, भंगिन को दे देंगे, उसका नाती पहन लेगा," बड़ी ने ऊपर से जरब लगाई। फिर टुकड़ों की किर्चे करने के लिए बोली, "सलामत रहें निक्के के मामू, इतने विलायती कपड़े बाहर से भेजेंगे कि उम्र भर देशी माल जिस्म को न छुआएँ।"

बेटा पैदा करके औरतों की हैसियत बढ़ जाती है, पर नवीदा की जैसे कम हो गई थी। उसके पास तो उल्टे कुछ रह ही नहीं गया था। शादीशुदा ज़िन्दगी के तीन साल और दो बच्चे बीच में से हट जाते, तो वह बिल्कुल अकेली, दुश्मनों के रुबरू, निहत्थी, उनमें घिरी रह जाती। उसके पैदा करने वाले तो बहुत दूर रह गए थे।

क्या इस कैदख़ाने में उसकी मियाद पूरी हो गई थी ? आख़िर चिप्स वाले फर्श पर उसके पैर फिसलने लगे। ताने सुनती, तो उसके दिल में एक तीखी इच्छा पैदा होती—पीछे लौट जाने की, उनकी दुनिया में, जिनके ताने उसे दिए जाते थे। उसका बाप, भाई, बहनें, बहनोई, जो रिश्ते में कुछ नहीं थे, बस मिस्त्री, रेडियों वाले, तांगों वाले, और मोटर मैकैनिक ही थे। उन बेचारों के लिए रोटी कमाने के वसीले बेटी के लिए ताने बन गए थे। वही उसके अपने थे। इन्सान का अपना वही होता

है, जिसका ताना दिया जाता है।

दो बच्चे जो उसके पेट से पैदा हुए, क्या आने वाले समय में गरीब माँ उनका ताना बन जाएगी ? वर्ग संघर्ष सामने आ जाता और माँ का पहाड़ जैसा रिश्ता सूखे पत्ते की तरह काँपने लगता। गरीबी और अमीरी की रस्साकशी में उसकी ओर से ज़ोर लगाने वाला कोई नहीं था। और इधर आज भी घर की बैठक में खानदान का नया ग्रुप फोटो लगाया गया था–''शरीफ साहब बेटी को गोद में बिठाए खुश थे, डट कर बैठी हुई बेगम बेटे को बाजुओं में सँभाले, फ़ख्र से बच्चे को देख रही थी–जैसे वह उसी का शाहकार था। कौन कहेगा कि यह परिवार खुश और मुकम्मल नहीं। और वह खुशहाल भी दिखता था। बच्चों की आया भी इस ओर खड़ी थी। खुशहाल परिवार ही तो आया रख सकता है ! तस्वीर में भी आया को वही जगह मिली थी, जो घर में दी गई थी–कोने में, हाशिए पर, एक ओर हटकर, अलग-सी।

शायद वक्त कभी बदल जाए, यह औरत जो उससे दुगुनी उम्र की है, बूढ़ी हो जाए, हार जाए और थक जाए। बच्चे जवान हो जाएँ, और अपनी माँ को पहचान कर ज़िन्दगी के मर्कज़ में लाकर खड़ा कर दें–शायद कभी ऐसा हो। नवीदा कभी-कभी इस तरह के ख्वाब देखने लगती, जैसे फिल्मों में होते हैं। पर फिल्मों जैसे क्यों ? अपना घर अपने बच्चे, अपना अख़्तियार, अपना हक, यही तो असल ज़िन्दगी है। औरत का ज़बरदस्त ख्वाब, कि उसके लिए उम्रें माँग कर लाई जा सकती हैं। कष्ट काटे जा सकते हैं। दूसरा जन्म भी लिया जा सकता है। पर सारा दिन जो कुछ नवीदा के सामने होता, वह उन सपनों को बिखरा कर रख देता। भविष्य से उसका विश्वास टूटने लगता। रात को एक डरावना ख्वाब वह लगातार देखने लग गई थी–उसके घर की दीवारें बहुत ऊँची-ऊँची हो गई हैं। उनमें कोई दरवाज़ा नहीं रहा। ऊपर से एक हवाई जहाज़ आता है, उसकी सौतन और उसका शौहर दोनों बच्चों को लेकर, उसमें उड़ जाते हैं। वह अकेली छोड़ दी गई है। बड़े से मकान में चीख़ें मारती है, दरवाज़ा ढूँढती है। उसी ख़ौफ़ की हालत में आँख खुलती है तो वह कमरे में अकेली होती है। शरीफ़ साहब तो रात दिन के किसी हिस्से में भी उसके कमरे में नहीं आते थे। सुबह का नाश्ता, दिन का खाना, शाम की तफ़री, बच्चों के साथ मिलना, और रात का सोना, सब बड़ी के कमरे में। और बड़ी किसी ऐसी देवी की तरह थी, जिसके नौ सिर और बारह हाथ होते हैं। घर और बाहर की सारी दुनिया, मियाँ का कुल वजूद और बच्चे, सब कुछ अपने हाथों में लिया हुआ था। नए-नए ढंग सोचकर, बच्चों को बाप के करीब रखने के बहाने, माँ से दूर-दूर रखती। खिलौनों से भरा हुआ कमरा बच्चों की नर्सरी बना दिया गया था। जिसे फलाँग कर जाना नवीदा के लिए इस तरह था, जैसे गरीब आदमी हुक्मरानों की ख्वाबगाहों से निकले। आज जब वह मुन्ने को वहाँ से लेने गई, तो कैसे बरस उठी थी : ''क्यों डिस्टर्ब

करती हो ? खेलने दो। बच्चों का टाइम टेबल सैट होने दो।" जैसे वे उसी के बच्चे थे और नवीदा कोई ग़ैर थी। और फिर ख़ास तौर से मियां को सुनाने के लिए कहती–

"जाहिल है न ! जिसकी अपनी तरबीयत न हुई तो वह बच्चों को क्या समझेगी।" इसलिए बच्चों को खिलाना-पिलाना, कपड़े पहनाना, सजाना, टाइम टेबल बनाना, नर्सरी स्कूल की बात करना, शापिंग, खरीदारी, सब उसके हाथों में था। नवीदा सिर्फ गन्दे कपड़े धोने, छिच्छी-पानी कराने की हद तक रह गई थी।

'यहाँ से भाग जाऊँ। बच्चों को छुपाकर कहीं ले जाऊँ।' बार-बार उसके भीतर से यह आवाज़ उठती–यह लोग शिकारी हैं, उन्होंने तेरे बच्चे चुरा लिए हैं, और अब वह तुम्हें तोड़ कर रख जाएँगे–पर वहाँ से भाग कर वह जाए कहाँ ? उसी बस्ती में जहाँ से वह लाई गई थी ? कौन उसे पनाह देगा ? कहाँ अपने बच्चे छुपाएगी ? यह लोग उसका पीछा करेंगे, और बच्चे छीन लाएँगे, उसे वहाँ ही छोड़ देंगे, तो वह क्या कर सकेगी ? उनसे कैसे अपने बच्चे माँगेगी ? पैसे वालों में ताकत होती है, और ममता बेचारी होती है बहुत कमज़ोर। कानून भी उनकी ही मदद करेगा।' उसे कई इस तरह की मांओं का हाल पता था. जिनके बच्चे छीन कर, घर से निकाल दिया गया था, और कानून ने उनकी कोई मदद नहीं की थी।

दरअसल उनकी अपनी कोई हैसियत नहीं होती। ग़रीब उनका सहारा ले कर इन्साफ़ चाहे, तो वह रेत की दीवार की तरह गिरने लगता है। और दौलत वाला जुर्म कर के उसकी पनाह में चला जाए तो वह बुलैट प्रूफ़ बन जाता है। नवीदा का था भी कौन, शौहर, जो उसे ब्याह कर लाया था इन्तहाई दब्बू था, कमज़ोर और ख़ालिस मध्यम श्रेणी का, जो जरूरत के तहत काम करता था। बड़ी के रसूख और होशियारी के सामने झुका हुआ था, जैसे कि उनमें होता है–वह कुछ मुहज़्ज़ब, तालीमयाफ़्ता और फैशनपसन्द भी थी। उस हिसाब से उसके मॉरल कोड में एक ही बीवी पूरी आ सकती है, पर वह एक बीवी नवीदा नहीं हो सकती। कि उसके पैरों तले जन्नत का दरवाज़ा चाहे हो, चांदी का चश्मा नहीं था, और वह आदमी जिसे ख़ाविंदपन का हक हासिल है, अपने समाज-महल के मर्कज़ी खम्बे को गिराने की हिम्मत नहीं रखता। फिर आगे की बात भी थी–उसकी एक जवान बहन भी थी, और दो अदद जवान कुआँरे और बाहर मुल्क के कमाऊ साले थे। उनमें से एक के साथ वह अपनी बहन का भविष्य सुनहरी बनाना चाहता था। इतने मज़बूत बंधनों के मुकाबले पर नवीदा के साथ एक कमज़ोर-सा रिश्ता, बच्चों के ज़रिए जुड़ा हुआ था। पर बच्चे तो बड़ी भी सँभाल सकती थी। बड़ी का क्या कहना ! उसकी बातों की ईजाद जरूरत के पहलू से, उसकी ख़ालिक भी हो सकती है। और ईजाद की खोज भी खोजी जा सकती है। उसने हल्दी-फिटकरी के बिना अपनी बाँझ गोद

में लाल सजा लिए थे...नवीदा में तो ऐसी कोई खूबी नहीं थी। वह तो सिर्फ जरूरत का ज़रिया थी। ज़रूरत पूरी हो चुकी थी, अब ज़रूरत के ज़रिए को रद्द कर देने में किसी को इतराज़ नहीं था। इस नीम जाहिल, सीधी, बेमानी लड़की को, जिसका दान-दहेज कुछ भी नहीं था, और हक मेहर दस हज़ार था, क्यों न अलहदा कर दिया जाए ? पूरे इन्साफ़ के साथ, पूरा हक मेहर अदा करके कुल रकम इतनी थी कि बेगम अपने बटुए में से दे सकती थी। बहुत ज्यादा भी होता, तो अनमोल हीरों के बदले ज्यादा नहीं हो सकता था। और फिर सऊदी अरब में कमाने वाले भाई अपनी दौलत से एक चुटकी ले लें, तो लाख के लाख बन जाएँ। बहन की खुशी के लिए क्या नहीं किया जा सकता। वैसे ज्यादा की नौबत आएगी नहीं इसका सबको यकीन था कि नवीदा के भाई और पिता ने रवायती वजहदारी का पूरा ख्याल रखा था। आज तक कभी बेटी के दरवाज़े पर आकर पानी का घूँट नहीं पिया था।

घर में यह बातें होने लगी थीं। यह बातें दुश्मन के घर का भेद नहीं थीं, नक्शा प्लान देखा जा चुका था। सारी बात नवीदा के इल्म में थी। घर में एक औरत आती थी, बावर्चीख़ाने का काम सँभालने के लिए। वह पता नहीं क्यों और किस तरह से नवीदा की हमदर्द थी। चलती-फिरती बात सूँघ लेती तो नवीदा के कान में डाल जाती, शायद इस ख्याल से कि यह खामोश बेज़ुबान लड़की बेखबरी में न मारी जाए। पर सब कुछ जान लेने के वाद भी नवीदा क्या कर लेती ! जाल हर ओर बिछा हुआ था, और साज़िश पूरी थी। बस, अमल होने वाला था। पूरे पाँच बरस पहले कभी बस्ती की नवीदा जिस कोठी में आबाद होने आई थी, आज उसके चलने से फर्श पर फिसल कर गिर गई थी। वह मजबूर थी, पत्थरों में छेद कर वह अपनी जड़ें ज़मीन में नहीं उतार सकती थी। वह बरगद का दरख़्त नहीं बन सकती थी। बहुत सीधी-सादी थी। वचने का ढंग नहीं सीख सकी। बच्चे, जिनका हाथ पकड़ कर वह खड़ी रह सकती थी, अगवा कर लिए गए थे, उन पर वारह हाथों वाली का सख़्त पहरा था। वह कैसे छुड़ाती।

संध्या उतरते ही अँधेरा छा गया था। बादल थे शायद। तीखी हवा चल रही थी, कुछ गरज थी और साँ-साँ की आवाज़ में शोर था। घर ख़ामोश था। बड़ी मायके गई थी, शरीफ़ साहब साथ गए था। आज रात वहाँ दावत थी, और कई फ़ैसले होने वाले थे। विदेशी सिक्का कमाने वाले की शादी का मसला भी था। पर बड़ी के ससुर, हाजी साहब, मंजूरी देने से पहले अपने बेटी के भविष्य की तसल्ली, पूरी पक्की जमानत चाहते थे। कल सुबह सब कुछ हो जाएगा। सिर्फ एक रात के तीन पहर बाकी थे। उन दिनों में कमरा ख़ाली था। ननद अपना कमरा बंद कर के आने वाली रातों और दिनों की मुरादों का तसव्वुर बाँध रही थी। अभी दरवाजे खुले थे,

निकाले जाने से पहले ही निकल जाना चाहिए। नवीदा ने वक्त का हिसाब लगाया, बस उसे अभी चल देना चाहिए। पर क्या ख़ाली हाथ ? वह ख़ाली हाथ क्यों जाए ? उस घर को खुशियों से भरा हुआ क्यों छोड़ कर जाए ? क्यों न उसको उसी तरह वीरान कर जाए, जिस तरह वह पहले था। क्यों अपने बच्चे, अपनी तख़लीक, अपनी कोख की दौलत उनको देकर जाए ? आख़िर क्यों ?

अख़्तियार तो उसका था। मौत के अँधेरे में उतर जाने से पहले सौदागरों और क़ातिलों के घर की रोशनी तो बुझाई जा सकती है। मौत बेचने वालों का मुनाफ़ा तो लूटा जा सकता है। जल्दी...नवीदा ! अपने बच्चों को सँभाल ले...उनको अलविदा न कह ! सफ़र के शरीक बना ले ! यह आख़िरी लमहे का फ़ैसला है ! तेरे हाथों में इससे बढ़कर कुछ नहीं। अपने जलाए हुए चिराग़ दोनों हाथों से उठा ले !

रिक्शे से उतर कर वह पैदल चलने लगी। हवा तेज़ हो चुकी थी। घुप्प अँधेरा था, आसमान पर रौशनी की बूँद तक नहीं थी। डर किस बात का ! वह उन रास्तों से वाकिफ़ थी। बचपन में इसी तरह रेलगाड़ी देखने आती थी। थोड़ी दूर पर ही उसके पिता का घर था। वह कदम उठाती रही। हवा बर्फ़ीली थी पर उसकी गोद गर्म और महक से भरी हुई थी।

बेटी के पैरों में सुर्ख़ रंग के बूट थे, और बालों में सुर्ख़ रिबन का फूल। बेटा इन्द्रधनुषी रंगों के विलायती कंबल में लिपटा, उसकी छाती से लगा हुआ था। दोनों बाजुओं में उसने अपनी सारी पूंजी संभाली हुई थी। बाईस बरस पहले रहमत मिस्त्री के घर में पैदा होने वाली चौथी लड़की ने, ज़िन्दगी में बस इतना ही कमाया था।

दूसरी सुबह अख़बार वालों ने ग़ैर शिनाख़्ती औरत की खुदकुशी की ख़बर भी छोटी-मोटी ख़बरों के साथ ही लगा दी। उससे अगली सुबह के अख़बार में ज़रा नुमायाँ जगह पर दो बच्चों सहित खुदकशी करने वाली की शिनाख़्त की ख़बर छपी। ख़बर एक कहानी का रंग अख़्तियार कर चुकी थी—कि वह एक मुकामी अफ़सर की बीवी, और उसके दो बच्चों की माँ निकली। नवीदा की खुदकशी की कहानी लिखी गई, पर इस खुदकशी पर तबसरा किसी ने न किया। यह तबसरा यूँ भी हो सकता था कि शेख़ करामतउल्ला जैसे शरीफ़ और नेक शहरी की बेटी बुलन्द अख़्तर ने शौहर का घर खुशियों से भरने, और अपनी अक्ल का लोहा मनवाने के लिए बहुत मेहनत, ख़र्च और कुर्बानी के साथ जिस मनसूबे को पाँच साल में परवान चढ़ाया था, उसे रहमत मिस्त्री की छोकरी ने पल में बर्बाद कर के रख दिया।

इस वाक़ये पर हम यूँ भी तबसरा कर सकते हैं कि नवीदा को अपने रस्मों-रिवाजों का आदर करने की तरबियत नहीं मिली थी। एक अच्छे घर की फूलों वाली

क्यारी को उजाड़ते हुए, वह यह समझ रही थी कि फूल उसके हैं, हालांकि हमारे घरों का दस्तूर यह है कि जो फूल उगाता है, वह उनके साथ अपना घर नहीं सजा सकता। कमाई करके ढेर लगाने वाले को यह हक किसने दिया कि वह कमाई से अपना घर भर ले ? यहाँ तो हक विरासत में लिखे आते हैं। यहाँ रुपए-पैसे का इस्तेमाल हो सकता है, कई बार पैसा लगाकर विरासत भी ख़रीदी जा सकती है। नवीदा के पास पैसा और विरासत दोनों में से एक चीज़ भी नहीं थी, फिर भी वह ममता का हक छोड़ने के लिए तैयार न हुई।

रैडिकल लोग इस तरह सोच सकते हैं—कि नवीदा की खुदकशी और बच्चाकशी एक औरत के रोष का इज़हार है—जिसे लूट लेने के बाद उसका क़त्ल किया जाने वाला था। मुझे यकीन है कि नवीदा के साथ एक तबसरा मुझ पर भी होगा कि मैं कहानी क्या लिखती हूँ. खुदकशी की वारदातों पर तफ़तीश करती हूँ ? फ़िक्र नहीं। यह होता रहा है। कभी तफ़तीश में से कहानी निकल आती है, और कभी कहानी में तफ़तीश शामिल हो जाती है। पर हमें इस तरह की कहानियाँ लिखते रहना चाहिए, कि हमारे देश में लोगों का खुदकशी करने का अमल बहुत तेज़ हो गया है। हम कहानियां वाले तो दोनों ओर के बयान लिखते हैं—हम रिश्वत लेकर नहीं लिखते। पुलिस तो फ़क़त उनका बयान लिखती है, जिनकी विरासत में हक लिखे हों, या जिनकी जेबों में नोट भरे हों !

मोहम्मद मंशा 'याद'

दुनिया में बहुत थोड़े लोग होते हैं जो इन्सान की उस ख़ामोशी को भी सुन सकते हैं जिसको न जाने कितनी तलख़ियाँ पीनी पड़ती हैं—कि उसकी आवाज़ एक खामोशी में उतर जाती है...

और वही थोड़े से लोग होते हैं जो उनकी ज़बान भी समझ सकते हैं, जिन्हें बेज़बान कहा जाता है...

ये तौफ़ीक रखने वाले एक कहानीकार मोहम्मद मंशा 'याद' हैं, जिनकी एक कहानी यहाँ दे रही हूँ, जो बिल्कुल नए पहलू और उस अंदाज़ में लिखी हुई है, जो सिर्फ़ उन्हीं को हासिल है...

डंगर बोली

उन्हें शक है कि मैंने अपना अक़ीदा बदल लिया है हालाँकि ऐसा बिल्कुल नहीं है, मैंने सिर्फ़ गोश्तखोरी छोड़ दी है।

दुनिया में बहुत से लोग ऐसे हैं जो गोश्त नहीं खाते, यानी वेजीटेरियन हैं। उनके पास गोश्त न खाने की अपनी-अपनी वजूहात होंगी। हो सकता है बहुत से लोग किसी अक़ीदे की बिना पर गोश्त न खाते हों। कुछ को डाक्टर ने परहेज़ बताया हो, कुछ ऐसे भी लोग होंगे जिनका नफ़सयाती मसला होगा—मसलन, मैं एक ऐसे शख्स को जानता हूँ, जिसका बचपन में एक बार जुकाम बिगड़ गया था और उसे हर चीज़ से मुर्दा की बू आती थी। ऐसे में उसे गोश्त की यखनी पिलाई गई तो उसे क़ै हो गई क्योंकि उसे उसमें से मुर्दार की बू आई। हालाँकि ये बू उसके अपने अंदर ही पैदा हो गई थी मगर उसका दिल उस रोज़ से हमेशा के लिए गोश्त से फिर गया। लेकिन मेरा मामला बिल्कुल मुख्तलिफ़ है। मैं बचपन से अब तक गोश्तखोरी का शौकीन रहा हूँ और भुना हुआ गोश्त तो मेरी महबूब-तरीन ग़िज़ा रहा है। हालाँकि खून में बोरिक एसिड की मिकदार ज्यादा हो जाने की वजह से मुझे कई बार डाक्टरों ने उससे परहेज़ बताया और उसके नतीजों से आगाह किया मगर मैं उनकी हिदायत पर पूरी तरह अमल न कर सका। मगर अब मैंने कुछ अरसा से गोश्तखोरी बिल्कुल तर्क कर दी है, लेकिन उसकी वजह अक़ीदे की तबदीली नहीं है बल्कि इसका अक़ीदे से दूर का भी ताल्लुक नहीं है। मैं आम तौर पर इस बात का ज़िक्र इसलिए नहीं करता कि शायद किसी को यकीन न आए लेकिन मेरा ख्याल है कि मुझे असल बात बता ही देनी चाहिए ताकि मेरे बारे में किसी किस्म की ग़लतफ़हमी पैदा न हो।

मुझे बचपन ही से मुख्तलिफ़ ज़बानें सीखने का शौक था और मैंने चन्द एक ज़बानें सीखीं भी लेकिन सच्ची बात यह है कि मेरा जानवरों और वो भी भेड़-बकरियों की ज़बान सीखने का कोई इरादा नहीं था—इसे बस इत्तेफ़ाक और मेरी बदकिस्मती ही समझिए कि मैं यह ज़बान बिना इरादा सीख गया। हुआ यूँ कि एक ज़माने में

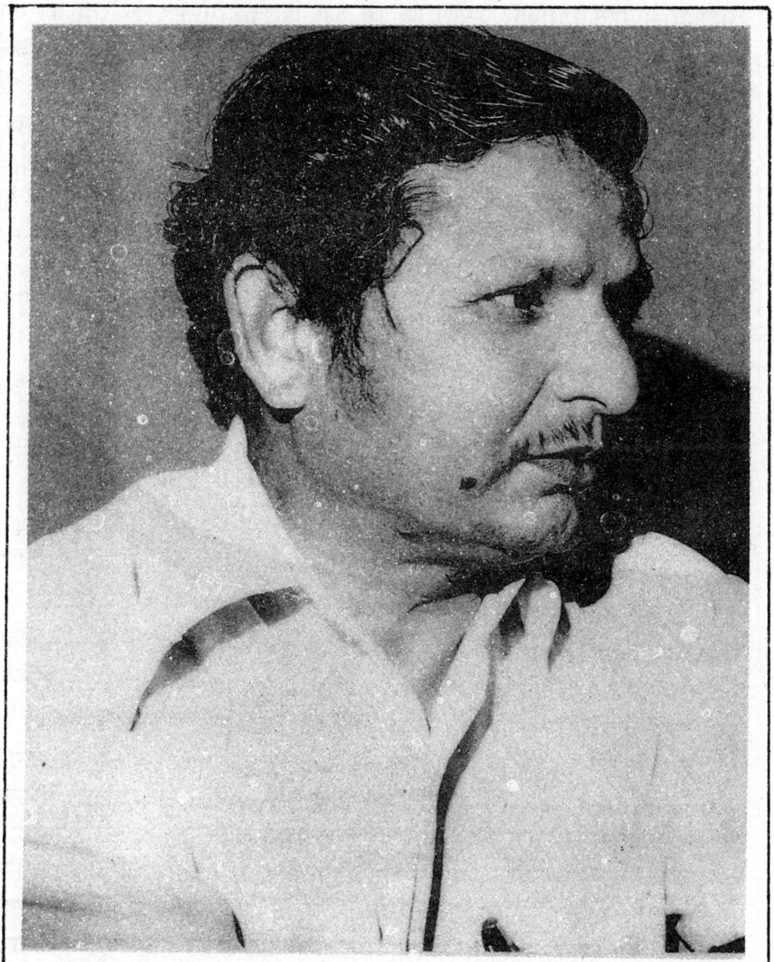

हम गाँव में रहते थे। जहाँ हमारा घर था वहाँ पिछवाड़े में भेड़-बकरियों का एक बाड़ा था। मैं रात को देर तक स्कूल का काम करता और जागता रहता और भेड़-बकरियों और उनके मेमनों की आवाजें सुनता रहता। दो-एक बार अँधेरी रात में भेड़िया बाड़े में घुस आया और एक आध भेड़ उठाकर ले गया, जिसके बाद भेड़-बकरियाँ और मेमने हर वक्त डरे-डरे और सहमे-सहमे रहने लगे। खास तौर पर गर्मियों की रातों में भेड़ियों के खौफ़ से भेड़-बकरियाँ रात-रात भर मिमियाती रहतीं। मैं लैम्प बुझाकर सोने की कोशिश करता मगर उनकी आवाज़ और सरगोशियाँ मुझे सोने न देतीं। फिर पता नहीं कैसे खुद-ब-खुद उनकी ज़बान मेरी समझ में आने लग गई। रात भर मेमने इस किस्म की बातें करते....

"माँ, मुझे डर लग रहा है।"

"माँ, मुझे भूख लगी है।"

"माँ, दिन कब निकलेगा ?"

"हाय ! मुझे सर्दी लग रही है।"

और हर माँ की तरह उनकी माएँ भी उन्हें झूठी तसल्लियाँ देती रहतीं।

एक दफ़ा अब्बा को पता नहीं क्या बीमारी लग गई। हकीम साहब ने उन्हें गोलियाँ दीं और हिदायत की कि वो उनको बकरी के दूध के साथ एक अर्सा तक इस्तेमाल करें। कुछ रोज तो अब्बा पड़ोस वालों से दूध माँगते रहे, फिर उन्होंने दूध देने वाली एक बकरी खरीद ली जिसके साथ दो नन्हें-मुन्ने गुलगथने मेमने भी थे। एक काला दूसरा डब-खड़बा। इस तरह मुझे बकरियों के ज़्यादा करीब रहकर उनकी ज़बान सीखने का मौका मिल गया। मेमनों से मेरी गहरी दोस्ती हो गई। मैं स्कूल से वापस आकर देर तक उनसे खेलता रहता, उन्हें अपने कायदे और किताबों से कहानियाँ और नज़्में पढ़-पढ़ कर सुनाता, शाम को उन्हें अपने साथ खेतों-खलिहानों में ले जाता। उनके लिए दरख्तों से टहनियाँ काटता। वो दरख्तों के पत्ते खाते रहते, मैं पहाड़े याद करता रहता। पत्ते खा़ते, घास चरते और पहाड़े याद करते हम आपस में बातें भी करते। रात को वो अपनी माँ को दिन भर की सैर और खेल-कूद की तफ़सील बताते और दौड़ते, छलाँगें लगाते खाल और गढ़े फलाँगते, बुलन्द टीलों और झाड़ियों पर चढ़ने में एक-दूसरे से बाज़ी ले जाने की डींगें मारते।

"मैं बड़ा हो गया हूँ," एक कहता।

"नहीं, मैं इससे, बड़ा हो गया हूँ," दूसरा कहता।

बकरी उनके होशियार और बड़ा होने की बातें सुन कर उदास हो जाती और कहती–

"काश ! तुम हमेशा छोटे ही रहो, कभी बड़े न होओ।"

उन दोनों की समझ में बिल्कुल न आता कि माँ ऐसा क्यों सोचती और कहती थी। वो बुरा मान जाते और देर तक उससे रूठे रहते। मैंने भी उन्हें बताना मुनासिब न समझा कि उनके बड़े होने पर किस किस्म के हालात पैदा हो सकते हैं।

फिर एक दिन डब-खड़बा गुम हो गया। हमने बहुत ढूँढ़ा मगर उसका कुछ पता न चला। बकरी कई रोज़ तक उसे याद करती चिल्लाती और मिमियाती रहती और काला भी याद करता रहा, फिर आहिस्ता-आहिस्ता भूल गया।

काला अब और बड़ा हो गया था। उसके सींग बड़े और नुकीले हो गए थे और उसके जिस्म से बड़े बकरों जैसी बू आने लगी थी। बड़े-बूढ़े अक्सर उसका मुँह खोलकर उसके दाँत देखते। मेरे हमउम्र लड़के उसे देख कर डर जाते हालाँकि कोई किसी को कुछ नहीं कहता। मैं उसे साथ लेकर घूमता रहता। हम एक-दूसरे की जुबान ही नहीं, इशारे भी समझते थे। मैं उसे जहाँ बुलाता वो दौड़ता हुआ पहुँच जाता, जिस वास्ते मना करता, मना हो जाता। मैं जिधर जाता वो मेरे पीछे-पीछे आ जाता, मुझे दूर से पहचान लेता, मेरी खुशबू से मुझे जान लेता। लेकिन एक रोज़ बड़ा दिलचस्प वाकया हो गया–

वो मेरे मुगालते में शेखू नाई के पीछे चल दिया। शेखू बिचारा घबरा गया। वो जिधर जाता, जिस कदर तेज़ भागता, काला भी उसके पीछे दौड़ता आता। ख़ौफ़ से थर-थर काँपता शेखू बड़ी मुश्किल से जान बचाकर घर पहुँचा। उसकी माँ शिकायत लेकर आई कि आपके बकरे ने मारने के लिए दूर तक मेरे बेटे का पीछा किया है। शेखू की माँ चली गई तो मैंने बकरे से मालूम किया और ये जानकर मेरी हँसी छूट गई कि शेखू ने उस रोज़ उसी रंग की चादर ओढ़ी हुई थी जिस रंग की मेरी चादर थी और काला ये समझता रहा कि वो मेरे पीछे भाग रहा है। बकरे ने भी इस वाक़्ये पर हँसना चाहा मगर कोशिश के बावजूद न हँस सका और देर तक इस बात पर उदास रहा कि उसे हँसना नहीं आता। लेकिन अगले रोज़ ये मालूम करके कि उसकी माँ सेम नाले के पुल से गिर कर ज़ख्मी हो गई थी और उसे ज़िबह किया जा रहा था, हम दोनों सख्त परेशान हो गए। मैं उसे देर तक तसल्ली देता और उसका दिल बहलाने की कोशिश करता लेकिन बाद में जब उसे पता चला कि मैंने भी उसकी माँ का गोश्त मज़े ले-लेकर खाया है तो मुझसे बिदकने लगा और कई रोज़ तक मेरे करीब आने से हिचकिचाता रहा। मैं उसे प्यार करने लगता तो वो समझता मैं दांतों से उसकी बोटी नोचने लगूँगा। मैंने उसे समझाने की कोशिश की कि मैं आदमी हूँ, भेड़िया नहीं–हम आदमी ज़िन्दा जानवरों को नहीं खाते। खाने से पहले उन्हें मार लेते हैं, कच्चा नहीं चबा जाते। चबाने से पहले आग पर भून लेते हैं। फिर आहिस्ता-आहिस्ता कुछ दिनों बाद उसका ख़ौफ़ कम हो गया और वो

मुझ पर पहले की तरह एतबार करने लगा।

मैंने प्रायमरी का इम्तिहान पास कर लिया और शहर के हाई स्कूल में दाखिला ले लिया तो वो बहुत उदास हो गया। मुझे भी उससे बिछुड़ने का बहुत अफसोस था मगर मजबूरी थी।

बकरीद की छुट्टियों में मैं खुश-खुश गाँव वापस आया लेकिन ये जानकर मेरी सारी खुशी काफूर हो गई कि इस बार ईद पर उसकी कुर्बानी दी जा रही है। मैंने घर में हर एक की मिन्नत-समाजत की कि वो मेरे काले को छोड़ दें और कुर्बानी के लिए कोई दूसरा बकरा या दुम्बा खरीद लें मगर मेरी एक न चली। काले को बिल्कुल पता नहीं था कि उसके साथ क्या बीतने वाली है। मैंने भी उसे परेशान करना मुनासिब न समझा। वो खुश-खुश मेरे साथ दौड़ता फिरता, छलाँगें लगाता। ऊँचे पेड़ों के तनों से सिमटकर पत्ते नोचता और मेरी टाँगों से सींग रगड़-रगड़ कर इज़हारे-मोहब्बत करता मगर जब उसे लिटाकर छुरी चला रहे थे, उसने घबराकर मुझे आवाज़ें देना शुरू कर दिया। मैं उसे ज़िबह होते नहीं देख सकता था इसलिए अपने कमरे में छुप गया था मगर उसकी चीख-पुकार मुझे सुनाई दे रही थी। शायद उसका ख्याल था कि मैं आकर उसे बचा लूँगा इसलिए आखिरी वक्त तक मुझे पुकारता और दाद-फ़रियाद करता रहा। मैं आँसू बहाने के सिवा कुछ न कर सका। मेरा ख्याल था कि मैं एतजाज़ के तौर पर कम-से-कम उसका गोश्त नहीं खाऊँगा मगर जब गोश्त पक कर मेरे सामने आया तो उसकी खुशबू सूँघ कर मेरे मुँह में पानी भर आया और मैंने सब कुछ भूल कर बोटियाँ खाना शुरू कर दिया।

उसके बाद मैंने कभी किसी बकरे या पालतू जानवर से दोस्ती नहीं की। हर बकरीद पर हमारे यहाँ दुम्बा या बकरा आता रहा और ज़िबह होता रहा लेकिन मैं कोशिश करता कि उनसे दोस्ती या मोहब्बत न हो वरना ज़्यादा अफ़सोस होता है हालाँकि अब्बा का ख्याल था कि जानवर से जितनी ज़्यादा मानूसियत और मोहब्बत हो उतना ही स्वाद मिलता है। लेकिन मैं कोशिश के बावजूद खुद में इतनी हिम्मत न पाता, चुनांचे जब कुर्बानी का वक्त आता मैं ईद मिलने के बहाने किसी रिश्तेदार या दोस्त के यहाँ चला जाता और उस वक्त घर आता जब बकरा या दुम्बा कट चुका होता। अब्बा कहते थे कि इससे ईमान कमज़ोर पड़ जाता है लेकिन मैं ईमान को कमज़ोर नहीं पड़ने देता था, कटे हुए बकरे या दुम्बे को मजीद काटने और बोटियाँ चीरने और दरवेशों में तकसीम करने में उनका हाथ बँटाता था। घबराहट और कमज़ोरी का इज़हार मैं सिर्फ़ उसी वक्त तक करता था जब तक बकरा या दुम्बा ज़िन्दा हो और देख, सुन, बोल और महसूस कर सकता हो। हाँ ! मुझे सिरी से बहुत डर लगता था। मैं कसाई की दुकान पर बकरे या दुम्बे की सिरी देखता तो उसकी बेजान आँखों का सामना न कर सकता। मुझे ऐसे लगता जैसे वो मुझ पर गड़ी हों और कुछ कह

रही हों। मेरी ये कोशिश भी होती कि मैं किसी बकरे को पता न चलने दूँ कि मैं उसकी ज़ुबान जानता हूँ। मैंने घर वालों और जानने वालों से भी इसका ज़िक्र नहीं किया कि मैं बकरों की ज़ुबान जानता हूँ—लेकिन उनकी ज़ुबान जानने से ख़ासी तकलीफ़देह सूरते-हाल पैदा हो गई थी। बाज़ औकात मुझे लगता मैं अन्दर से बकरा बनता जा रहा हूँ।

घर वालों ने कई बार इसरार किया कि ईद की कुर्बानी मैं खुद करूँ। बकरे की गर्दन पर छुरी चलाऊँ क्योंकि ऐसा करना सुन्नत है। मौलवी साहब ने भी मुझे समझाया और बताया कि ऐसा करना इसलिए ज़रूरी है कि अल्लाह की राह में खून बहाने का जज़्बा और जुर्रत पैदा होती है और आदमी जेहाद में हिस्सा लेने की तर्बियत पाता है। लेकिन मैं कोशिश के बावजूद ऐसा न कर सका क्योंकि ज़िबह होने से पहले बकरे जिस तरह आह-हो-बकाह करते हैं उसे सिर्फ़ मैं ही सुन और समझ सकता हूँ और सिर्फ़ मुझे ही इस बात का अन्दाज़ा है कि किसी हमज़ुबान को ज़िबह करना कितना मुश्किल काम है। यह किसी आम आदमी के बस की बात नहीं। आम आदमी किसी हमज़ुबान और हमजिन्स को कत्ल तो कर सकता है ज़िबह नहीं कर सकता इसलिए उसके लिए पैग़म्बर का दिल और हौसला दरकार होता है। उन्हें भी आँखों पर पट्टी बाँधनी पड़ती है। मुझे अक्सर ख्याल आता है कि काश, मुझे बकरों की ज़ुबान न आती होती और मैं इस कदर बुज़दिल न होता ! बहरहाल, अगर इसे ईमान की कमज़ोरी पे मामूल किया जाता था मगर मैंने तय किया हुआ था कि अपने हाथ से किसी जानवर को ज़िबह नहीं करना है, लेकिन पिछले साल मैं अपने इस अहद पर कायम न रह सका और यहीं से खराबी का आग़ाज़ हुआ।

हुआ यूँ कि बहुत-सी दुआओं और मन्नतों के बाद मेरे घर में अल्लाह के फ़ज़लो-करम से बेटा पैदा हुआ। बहुत खूबसूरत और मेमने की तरह प्यारा। अब्बा ने फौरन अक़ीक़े के लिए दो बकरे मँगवा लिए। शहर में रहते-रहते अब बकरों से कभी-कभार ही मुलाकात होती थी और गुफ़्तगू से तो मैं खूद भी गुरेज़ करता था लेकिन अक़ीक़े के दिनों दोनों बकरे कई रोज़ तक मेरे कमरे की खिड़की के करीब सेहन में बँधे रहे। ख्याल था कि जुमेरात को अक़ीक़ा किया जाए लेकिन आपा को ससुराल से आने में देर हो गई, शायद उनका कोई जेठ या देवर बीमार था। इस दौरान दोनों बकरे रात को जुगाली करते हुए अजीबोगरीब गुफ़्तगू करते रहते। पता नहीं उन्हें कैसे अपने अंजाम की ख़बर हो गई थी। छोटा बहुत ज़्यादा ख़ौफ़ज़दा था। एक रात कहने लगा—

"ज़िबह किस तरह करते हैं ?"

"ज़मीन पर लिटाकर छुरी चलाते हैं," बड़े ने कहा।

"तकलीफ़ तो बहुत होती होगी।"

"हाँ, मैंने एक बार देखा था, बड़ी देर तक जान निकलती रहती है।"

"ज़िबह क्यों करते हैं ?"

"खाने के लिए, उनके मुँह में भी भेड़िए के दाँत होते हैं।"

"मेरी तो डर के मारे अभी से जान निकलने लगी है।"

"डर तो मुझे भी लग रहा है।"

"क्यों दोनों को एक साथ ज़िबह करेंगे ?"

"शायद बारी-बारी से।"

"पहले कौन ज़िबह होगा ?"

"तुम्हें ज़्यादा डर लगता है ना, इसलिए पहले मैं।"

"नहीं मैं।"

"नहीं मैं।"

मैं, मैं, मैं...,

मैं देर तक उनकी बातें सुनता रहा, फिर उठकर खिड़की बन्द कर दी मगर मुझे देर तक नींद न आई।

अगले रोज़ छुट्टी का दिन था। मैं देर से सोकर उठा। देखा तो घर में दोपहर के खाने की तैयारी हो रही थी। प्याज छीले जा रहे थे, मसाला पीसा जा रहा था। टिक्कों, कोफ़्तों और बाल्टी गोश्त का प्रोग्राम बन रहा था। वालिद साहब शायद क़साई को बुलाने गये हुए थे।

कालबैल की आवाज़ सुनकर मैं बाहर गया तो मस्जिद से दीनी मदरसे का तालबइल्म लड़का खालों के बारे में पता करने आया था कि उतरी हैं या नहीं। मैंने उसे बताया कि अभी नहीं उतरी हैं।

"अभी तक नहीं उतरीं ?" उसने हैरत से पूछा।

"ज़िबह किए बग़ैर कैसे उतार सकते हैं ?"

"हाँ जी—ये तो ठीक है। मैं फिर आ जाऊँगा।"

जब ज़िबह करने का वक्त आया, मैं घर से निकल जाना चाहता था लेकिन अब्बा ने मेरे हाथ में छुरी थमा दी और इसरार किया कि मैं अपने हाथ से ज़िबह

करूँ। मैंने बहुत कोशिश की मगर उन्होंने मुझे जाने न दिया।

पहले छोटे को लाया गया। वो थर-थर काँप रहा था और ख़ौफ़ से मिमिया रहा था। मुझे बहुत तरस आया। मैंने कहा–

"पहले बड़े को लाओ।"

बड़े को लाया गया तो वो ज़ोर-ज़ोर से चीख़ने लगा, फिर गधियाई हुई आवाज़ में छोटे-से मुख़ातिब हुआ–

"मुँह दूसरी तरफ़ कर लो, छोटे।"

छोटे का अपनी जगह खड़े-खड़े पेशाब खता हो गया।

मुझे उसकी रात वाली बात याद हो आई। मैंने सोचा, पहले बड़े को ज़िबह किया तो वो हौल से मर जाएगा। चुनांचे मैंने कहा–

"पहले छोटे ही को लाओ..."

असल में मैं फ़ैसला नहीं कर पा रहा था कि पहले किसे ज़िबह करूँ। वो छोटे को ले आए। जब उसे लिटाया गया तो उसने ज़ोर-ज़ोर से मिमियाना और चीख़ना शुरू कर दिया–

"हाय मैं मरा–हाय मैं मरा।"

"हौसला करो", मेरे मुँह से अचानक निकल गया, "तुम अल्लाह की राह में कुर्बान हो रहे हो।"

बकरे ने चौंक कर गर्दन उठाई और मुझे ऐसी नज़रों से देखा जैसे पहचानने की कोशिश कर रहा हो। फिर उसने एक लम्बा साँस लिया और छुरी के नीचे अपनी गर्दन को ढीला छोड़ दिया।

मैंने अल्लाह-अकबर कहकर छुरी चला दी और वो हलाल हो गया। मगर जब खाने का वक्त आया तो मुझे गोश्त से वैसी ही बू आई जैसी अपने नए पैदा हुए बेटे से आती थी और मैंने खाने से हाथ खैंच लिया।

इसके बाद मैं कोशिश के बावजूद कभी गोश्त को छू न सका। अब शक है कि मैंने अपना अक़ीदा बदल लिया है हालाँकि ऐसा बिल्कुल नहीं है। मैंने सिर्फ़ गोश्तख़ोरी तर्क की है।

तौक़ीर चुग़ताई

औरत की शादीशुदा ज़िन्दगी कितने बलात्कार झेलती है, कराची के एक कहानीकार तौक़ीर चुग़ताई ने इस पहलू को बड़े अहसास से और नए नज़रिए से एक कहानी की सूरत में लिखा है—जो यहाँ दे रही हूँ—

बलात्कार

प्रातःकाल की नमाज़ के समय सारे नमाज़ी तब हैरान हो गए, जब उन्होंने मस्जिद में एक लगभग तीस वर्ष की औरत को देखा। वह मौलवी साहब के सामने एक मसला रखना चाहती थी। पहले तो सबने उससे कहा कि अभी वह घर चली जाए और दिन में आकर आराम से अपना मसला सुनाए पर वह न मानी और कहने लगी, मुझे तो पूछ कर ही जाना है।

छोटे से गाँव की उस पुरानी मस्जिद में उस दिन बहुत भीड़ थी, इसलिए कि दो दिन बाद ही ईद आने वाली थी, और शहर में काम करने वाले बाबू, फ़ौजी, मजदूर और दूसरे छोटे-बड़े काम करने वाले गाँव के आदमी छुट्टी पर आए हुए थे।

एक आदमी ने जिसकी उम्र करीब साठ साल की होगी, उससे डाँट कर कहा—"बीबी, तुझे कह जो दिया दिन के समय आना। इस तरह अन्धेरे में घर से निकल कर मस्जिद में आ जाना औरतों के लिए अच्छा नहीं होता। तू जा कर भैंसों का दूध निकाल, दही बिलो। इस समय घर में से मथनी की घूँ-घूँ की आवाज़ आती अच्छी लगती है।"

"मथनी की आवाज और छाछ तभी अच्छी लगती है, जब आदमी के मन में खुशी हो, चाचाजी। जब दिल ही अपने ठिकाने न हो तो अच्छा-भला दूध भी फटा हुआ लगता है, और चाटी में बिखरी आग ही रह जाती है, मक्खन नहीं बनती।"

"यह नहीं मानेगी, चलो भाईयो ! हम नमाज़ पढ़ें, समय बीत रहा है। न जाने कौन है। हमारी इबादतें खराब करने को आ गई है।"

"फ़कीरे की बीवी है जी," बीच में से एक बोला।

"कौन फ़कीरा ?"

"फ़कीरा, सुलताने तांगे वाले का बेटा।"

"वह तो शहर में नहीं होता ?"

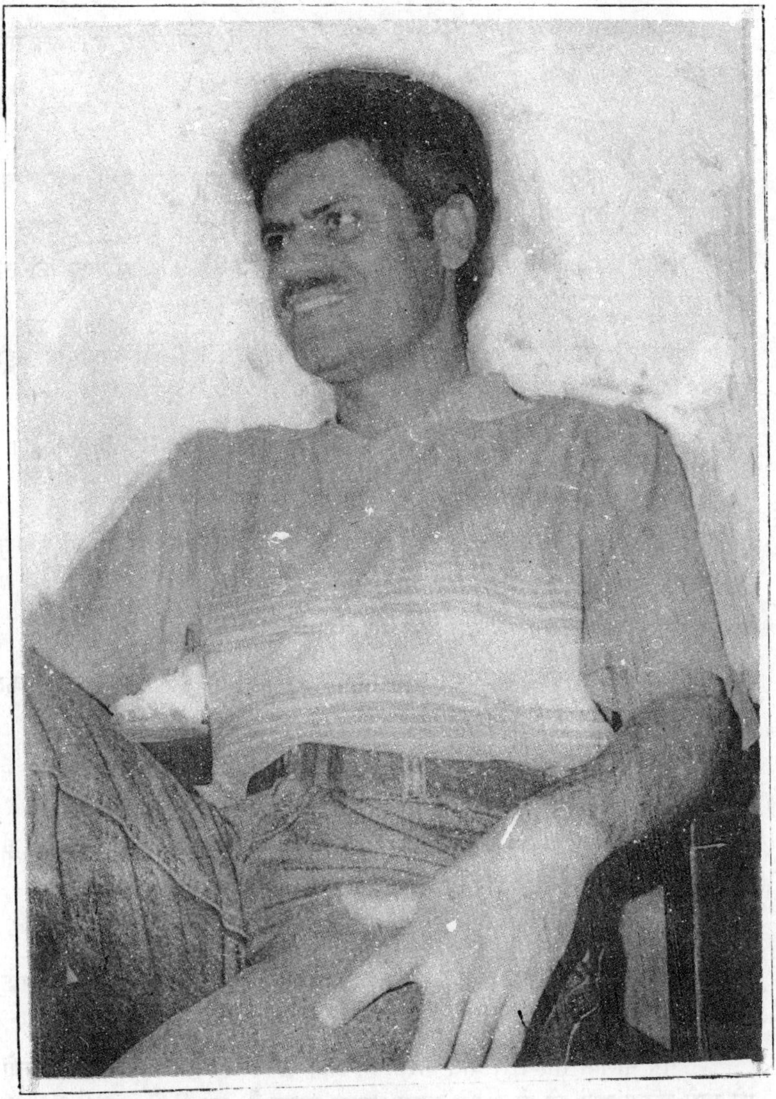

[illegible]ाकार चुगताः

"हाँ जी, शहर में ही होता है, पर ईद की छुट्टी में आया हुआ है। कल मैंने गली में से जाता देखा था।"

"क्या काम करता है शहर में ?"

"किसी दफ़्तर में मुलाज़िम है जी। पूरी बारह जमात पढ़ा हुआ है। उसके बाप ने टाँगा चला-चलाकर उसे पढ़ाया था।"

"और यह औरत, मेरा मतलब उसकी बीवी, कौन है ? अपने गाँव की तो नहीं लगती ?"

"हाँ जी, लाहौर की है, और उसकी मौसी की बेटी है। वहीं लाहौर में बड़ी हुई है, पढ़ी-लिखी है।"

"हाँ, वह तो लग ही रही है। तभी तो नंगे सिर मस्जिद में आ गई है।"

"पर फ़कीरा तो कभी नहीं दिखा मस्जिद में !"

"नहीं जी, वह तो नमाज़ ही नहीं पढ़ता। कभी-कभार साल बाद ईद की नमाज़ पढ़ लेता है..."

"सूअर का बच्चा !" बुजुर्ग के मुँह से निकला।

"नहीं चाचा, ऐसे न कहो। मुसलमान सूअर का नाम नहीं लेते। सूअर का नाम लेने से ज़बान पलीत हो जाती है।"

"जैसा फकीरे का नाम लेना, तैसा सूअर का नाम लेना ! जो नमाज़ ही न पढ़े, वह कोई सूअर से कम होता है।"

"पता नहीं जी, मैं क्या कह सकता हूँ। कभी-कभी तो मेरे से भी छूट जाती है नमाज़ !"

नमाज़ खत्म होने के बाद सभी आदमी चारों ओर खड़े हो गए। हर तरफ से अलग-अलग तरह के सवालों की बौछार होने लगी।

"मैंने मौलवी साहब से बात करनी है, आप अपने-अपने घरों को जाओ। क्यों मेरे मामे बनना चाह रहे हो ? मैंने उनसे मसला पूछना है। पढ़े-लिखे आदमी हैं, कुछ न कुछ जरूर बताएंगे।" सारे आदमी एक-एक करके चले गए और रास्ते में एक दूसरे से गोशे करने लगे।

थोड़ी देर बाद मौलवी साहब भी बाहर आकर कहने लगे–"हाँ बेटी, तू कोई मसला पूछना चाहती है। क्या मसला है तेरा ?"

"बात इस तरह है मौलवी साहब..."

"नहीं नहीं ऐसे नहीं, ठहर जा, मैं हुजरे का दरवाज़ा खोलता हूँ, बैठकर आराम से बात करते हैं," मौलवी साहब ने कहा।

"नहीं जी, मुझे हुजरे से डर लगता है।"

"बताओ भला, पगली न हो तो, डर किस बात का। वहाँ कोई भूत, प्रेत तो नहीं है, चल आ जा..."

मौलवी साहब ने हुजरे का दरवाज़ा खोला और वह अन्दर आ गई। हुजरे में एक सुतली की चारपाई बिछी हुई थी। झरोखे में एक कड़वे तेल का दीया जल रहा था। सामने की दीवार में लकड़ी की चार खुंटियाँ गड़ी हुई थीं जिन पर मौलवी साहब के मैले कपड़े टंगे हुए थे। दूसरे झरोखे में सुरमा, शीशा, कंघी पड़े हुए थे। मौलवी साहब ने सिर पर से पगड़ी उतारी और एक खुंटी पर टाँग दी, और दोनों हाथों से सिर को मलते हुए चारपाई पर बैठ गए, फिर कहने लगे, "हाँ, अब बताओ।"

दरवाजे के पास बिछी पटरी पर बैठ कर उसने कहा : "जाना तो मुझे थाने चाहिए था पर थाना यहाँ से बहुत दूर है। साथ में मैंने जो केस थाने ले जाना था, वह खत्म न होता बल्कि दुगुना हो जाता। मुझे कानून पर इतबार नहीं रहा। थाने में रिश्वत खा-खा कर कानून को खराब किए जा रहे हैं..."

"मसला क्या है, तू बता तो सही। मैं तुझे ठीक-ठाक हल बताऊँगा तेरे मसले का।"

"मेरे साथ बलात्कार हो गया..."

"अरे..."

मौलवी साहब एकदम चारपाई से उठकर खड़े हो गए और गले में से थूक निगलते हुए पूछा, "किसने किया है ?"

"फ़कीरे ने," मौलवी साहब !

"पर वह तो तेरा ख़ाविन्द है !"

"हाँ ! मौलवी साहब, इसी बात का तो दुख है। उसने आज रात मेरे साथ बलात्कार किया है, और पिछले कई वर्षों से कर रहा है।"

मौलवी साहब ने इधर-उधर देखा और काँपती आवाज़ में कहा—"लगता है तेरा दिमाग़ काम नहीं कर रहा, या तू बीमार है।"

"मेरा दिमाग़ भी ठीक है और मैं खुद भी ठीक हूँ पर मेरे साथ ठीक नहीं

हो रहा।''

''बीबी ! जब कानून और मज़हब मिल कर दूसरों की किस्मत का फैसला करते हैं तो उनको एक हो कर रहना पड़ता है। वह जो भी काम करते हैं, खुदा और कानून की मर्ज़ी और रज़ा से करते हैं। और जिसे तू बलात्कार कह रही है, वह बलात्कार नहीं है ! औरत तो मर्द की खेती होती है...''

''और खेती में नमी चाहे हो या न हो, उस पर हल चलाते जाओ...''

''हाँ ! इसीलिए कि वह मर्द की मलकीयत होती है, 'किसी ग़ैर की जायदाद नहीं होती। और आदमी जब अपनी जायदाद पर हल चलाता है तो वह कोई बुरा नहीं करता। फ़कीरे ने भी कुछ बुरा नहीं किया। साथ ही जब तुम्हारी शादी हुई थी, तो उस में तुम्हारे माँ-बाप की मर्ज़ी के साथ-साथ तुम दोनों की मर्ज़ी भी शामिल थी...''

''यही तो बखेड़ा है मौलवी साहब ! मेरी मर्ज़ी नहीं थी...''

''तोबा-तोबा ! अगर नहीं भी थी, तो जब इतने दिन निकल गए हैं, और भी निकल जाएँगे। माँ-बाप की इज़्ज़त भी तो कोई चीज़ होती है...''

''मौलवी साहब ! मैं आप की तकरीर और मशवरे सुनने नहीं आई, वह तो मैं रोज़ ही लाउडस्पीकर पर सुनती रहती हूँ। मुझे मसले का हल बताओ...''

''इस समय तो मसले का यही हल है कि तू यहाँ से निकल जा ! तू तो सारे गाँव को ख़राब करेगी...''

परवीन चुपचाप उठकर मस्जिद से बाहर आ गई। सूर्य की किरणें निकल रही थी, चिड़ियाँ चहचहाने लगी थीं, वह जब घर पहुँची तो फ़कीरा अभी सोया हुआ था।

इतनी देर में उसके कानों में मौलवी चिराग़दीन की आवाज़ आई, ऐसा लगता था, बैटरी से चलते लाउडस्पीकर की आवाज़ आज पहले से बहुत ज्यादा तेज़ हो गई है–

''मैं मौलवी चिरागदीन वल्द मौलवी बागदीन खुदा का नाम लेकर सभी आदमियों के आगे अर्ज़ करता हूँ कि वे फ़कीरे सुलताने टाँगे वाले के घर के पास जमा हो जाएं और उसकी औरत पीनो लाहौरन को अपने गाँव में से बाहर निकाल दें। मेरे भाइयो ! परवीन एक गुनहगार, बदकार और बदचलन औरत है, और अगर वह कुछ दिन और हमारे गाँव में रह गई तो फिर सब की माँ-बहनों ने भी यहाँ नहीं रहना, हाँ...''

देखते-ही-देखते सारा गाँव फ़कीरे के दरवाज़े के आगे जमा हो गया, लड़कियाँ, लड़के, बूढ़े और जवान। फ़कीरा शोर सुनकर एकदम जाग गया और आँखें मलता-मलता बाहर आकर लोगों से पूछने लगा, क्या हुआ है ? मौलवी साहब जो

अभी-अभी मस्जिद से दौड़ते हुए भीड़ में आकर मिले थे, कहने लगे, "मैं बताता हूँ क्या हुआ है... तुम्हारी बीवी कहती है कि तूने उसके साथ बलात्कार किया है और पिछले कितने बरसों से करता चला आ रहा है।"

" उसका दिमाग़ ख़राब है, मौलवी साहब ! यह बात तो वह मुझे भी कितनी बार कह चुकी है। इसमें आपको इतनी तकलीफ़ करने की क्या जरूरत है ?"

"वाह भई वाह फकीरियाँ ! हम कानून और मज़हब से मज़ाक होता देखते रहें और कुछ न बोलें। हम पीनो को गाँव से निकाल कर ही छोड़ेंगे...

इससे पहले कि फ़कीरा कोई जवाब देता, भीड़ ने आगे बढ़कर परवीन को आँगन में से बाहर खींच लिया और घर का सामान भी उठा-उठाकर बाहर फैंकना शुरू कर दिया।

एक आदमी ने बीच में से कहा–"फ़कीरे को भी गाँव से बाहर निकालो ! यह अपनी बीवी की तरफ़दारी करता है।" और बौखलाए हुए लोगों ने फ़कीरे को भी धक्के मारने शुरू कर दिए। परवीन रो रही थी और कहे जा रही थी–"हाँ, मैं अब भी कहूँगी, मौलवी साहब ! मेरे साथ बलात्कार हुआ, और होता रहा। जब कोई आदमी मन को अच्छा न लगे तो उसका हाथ लगाना भी बलात्कार होता है। फकीरा पिछले कितने ही समय से मेरे साथ बलात्कार कर रहा है। आँखों से, हाथों से, मुँह से, साँसों से और बातों से बलात्कार..."

भीड़ फिर आगे बढ़ी और दोनों को धक्के मारते-मारते गाँव से बाहर निकाल लाई। पक्की सड़क पर आकर सभी खड़े हो गए। फ़कीरा और परवीन मुजरिमों की तरह खड़े हुए थे। दूसरी ओर गाँव की औरतें भी इकट्ठी हुई खड़ी थीं। मर्दों में से किसी ने कहा–"अब जाते क्यों नहीं हो ! दफ़ा हो जाओ न !"

परवीन ने मौलवी की तरफ देखा, फिर औरतों की ओर, और आख़िर में फ़कीरे की ओर देखा। फ़कीरे ने आँखें नीची कर ली।

परवीन आगे बढ़ी और सड़क के पास जाकर उस तरफ़ खड़ी हो गई जिधर से लाहौर को बसें जाती थीं, और फ़कीरा उधर चल पड़ा जिस तरफ शहर था।

मौलवी साहब ने कहा–"चलो भाई, सभी अपने घरों की ओर चलें !"

और सारे लोग गाँव की तरफ चल पड़े। औरतों की जमात में से एक बड़ी उमर की औरत ने धीरे-धीरे रोते हुए कहा–"मौलवी बिचारा क्या जाने, हमारे में से और भी कितनी इस तरह की हैं जिनके साथ रोज़ बलात्कार होता है, पर किसको कहें !"

फ़ैज मुजद्दद

मर्द और औरत को लेकर घर बनता है, और समाज बनता है, लेकिन यह रिश्ता जाने कितना उलझ गया है कि कहीं कोई धागा पकड़ में नहीं आता। सदियों के हाथ थकने लगे हैं--लेकिन इन उलझे हुए तारों की कोई गाँठ नहीं खुलती....

हज़ारों कहानियाँ जाने कहाँ-कहाँ सिसकती हैं, उन्हीं में से एक की कुछ व्यथा कहती हूँ--

फ़ैज़ मुजद्दद अपने वक्त के एक बड़े कलाकार थे, उन्होंने कई बरस फिल्म निर्माता कारदार के साथ भी काम किया था।

मेरी मुलाकात उनसे 1960 में हुई, जब मैं कुछ महीनों के लिए बम्बई में रही थी। वे इमरोज़ की कला के मद्दाह थे, और अकसर घर पर आने लगे थे।

उन्हीं दिनों मैंने उनसे, उनकी ज़िन्दगी के हालात सुने थे। वह अकसर सुबह के वक्त आते और हम तीनों मिलकर खाना पकाते। चने की दाल में गोश्त पकाना मुझे उन्होंने ही सिखाया था। साथ-साथ वह जो बातें करते, मैं सब बातों के नोट्स लेती रही। ख़्याल था कि एक दिन उनकी ज़िन्दगी के हालात को लेकर एक लंबी कहानी की सूरत में या छोटे से उपन्यास की सूरत में लिखूँगी...

वक्त पाकर एक छोटा-सा उपन्यास मैं लिख पाई थी, जिसे नाम दिया था 'बुलावा'।

लेकिन उपन्यास तो उपन्यास होता है, उसे लिखने की शैली और होती है, पर जो उनकी जुबानी नोट्स लिए थे; अब उन्हीं नोट्स से कुछ अंश यहाँ दे रही हूँ, उनकी ही जुबानी--

ये घर-ये रिश्ते

"मेरे वालिद साहब बहुत रंगीन मिजाज़ थे। शायर भी थे, और अमीर भी। कटड़ा वलीशाह में एक बड़ा-सा घर था उनका। लेकिन मेरे बाप की रंगीन मिजाज़ी से तंग आकर एक दिन मेरी माँ ज़ैनब बीबी ने उनका घर छोड़ दिया था। वे माँ को अकसर पीटते भी थे।

मैं तब मुश्किल से पाँच बरस का था। मेरी एक छोटी-सी बहन थी सिराज, जिसे गोद में लेकर और मुझे थामकर मेरी माँ ने मेरे मामा के यहाँ पनाह ली थी।

वे बहुत गुरबत के दिन थे—माँ घर में सिलाई का काम करती, कमीज़ सीने के पाँच आने, और पजामा सिलने के दो आने उसे मिलते थे। और एक दिन मेरे मामा मुझे रंगसाज़ी का काम सिखाने के लिए ले गए।

कुछ दिनों के बाद माँ कहने लगी—

"यह रंगसाज़ी का काम कुछ नहीं है, फ़ैज़। सुबह तू मुँहअँधेरे चला जाता है और दीया जलने पर लौटता है। फिर मिट्टी के तेल से तेरे जिस्म पर से रंग उतारते हुए मेरे तो हाथ भी थक जाते हैं।"

मैंने कहा, "भाभी, अब तो मैं ट्रकों पर बहुत अच्छे फूल बना लेता हूँ।"

"ठीक है, पर दो साल होने को आए हैं, रुपए तो महीने के आठ ही मिलते हैं।" माँ ने कोने में पड़ा हुआ साबुन का टुकड़ा उठाकर अपने हाथ धोए।

"माँ दोपहर का खाना भी वे खिला देते हैं।" मैंने कुर्ता पहना और अपनी छोटी बहिन साजी को उठा लिया।

वह कहने लगी, "ठीक है, पर रोज़ रात को मिट्टी के तेल से नहाना तो ठीक नहीं...मैंने बात की है किसी से, तू खुशनवीसी का काम सीख ले।"

"कितने पैसे मिलेंगे ?" मैंने पूछा।

''पगले, कभी काम सीखने के भी पैसे मिले हैं ? तू पहले कुछ दिन सीख, फिर वक्त आने पर तुझे पैसे मिलने लग जाएँगे।''

''पर तुम कैसे गुज़ारा करोगी ? सीने के लिए कपड़े भी तो रोज़ नहीं मिलते।''

कहने लगी, ''मैंने दो घरों से बात कर ली है। उनके बर्तन साफ़ कर दिया करूँगी। तू काम सीख ले।''

खुशनवीसी सीखने के लिए मुझे अपने घर भाटी दरवाज़े से दिल्ली दरवाज़े जाना पड़ता था। मैं पूरे दिन की हाज़िरी देता और ख़ाली हाथ घर लौटता तो मेरी टाँगें जवाब दे रही होतीं।

एक दिन मैं मुँहअँधेरे उठा, दिल्ली दरवाज़े जाने की बजाय मैं ग्वाल मण्डी की ओर चल पड़ा। सब्जी मण्डी में सब्जियों की गाड़ियाँ खड़ी थीं। सौदे हो रहे थे, टोकरे भरे जा रहे थे।

कभी कोई आलू, कभी कोई प्याज़, कभी कोई टिंडा लुढ़कता हुआ दूर चला जाता। मैंने देखा, दूसरी सब्जियों के मुकाबले में ये गोल चीज़ें ज़रूर लुढ़क जाती थीं। मैंने दौड़कर वे आलू, प्याज़ और टिंडे उठा लिए।

बाज़ार में सब्ज़ियों की छोटी-छोटी ढेरियाँ लगाकर कुछ औरतें बैठी हुई थीं। कुछ दूर पर एक इमारत बन रही थी। काम पर जाने वाली मज़दूरिनों ने वहाँ सस्ती सब्जी लेने के लिए एक भीड़ लगाई हुई थी। मैंने भी अपने गिनती के आलू, प्याज़ और टिंडों की एक छोटी-सी ढेरी लगा दी, और अपनी तहमद को ज़रा-सा ऊपर उठाकर पांवों के बल बैठ गया।

कुछ ही देर में अढ़ाई आने बना लिए। अब जब मैं दिल्ली दरवाज़े की ओर चला तो मेरे पाँव जैसे उड़ रहे थे...

किसी दिन दो आने, किसी दिन अढ़ाई आने—यह मेरी रोज़ की आमदनी बन गई।

जहाँ मैं खुशनवीसी का काम सीखता था, वह एक रोज़ाना अख़बार का दफ़्तर था। एक दिन शाम को सोचा, अगर वह अखबार की आठ कापियाँ खरीद ले तो तीन पैसे की एक कापी पड़ेगी और चार पैसे की बिक जाएगी। पूरे आठ पैसे बच जाएँगे। सब्जी बेचकर जमा किए हुए पैसों से मैंने 'सियासत' अख़बार की आठ कापियाँ खरीद लीं।

''ताज़ा पर्चा आ गया, 'सियासत' का पर्चा।'' पहले एक बाज़ार में, फिर दूसरे

बाज़ार में खड़ा होकर मैंने आवाज़ें लगाईं।

चार कापियाँ बिक गईं, पर अभी तक बाकी चार मेरे हाथ में थीं। बाज़ारों में से गुजर रहा था और आवाज़ें लगाता जा रहा था। शाम हो चली थी, पर बची हुई कापियाँ अभी भी हाथ में पकड़ी हुई थीं।

हीरामण्डी में से गुजरते हुए मुझे एक आदमी ने कहा, ''मुझे रोज़ दे जाया कर एक अख़बार।'' यह बात मुझे एक और व्यक्ति ने चौक झंडा में भी कही थी। कहाँ चौक झंडा और कहाँ हीरामण्डी, पर दो ग्राहक मेरे पक्के बन गए। रोज़ के दो पैसे पक्के,' मैंने सोचा।

'पर अगर ये बचे हुए अखबार न बिकें तो...?' हिसाब लगाया, 'तो छः पैसे जेब से देने पड़ जाएँगे।'

शाम गहरी होती जा रही थी। फिर अनारकली के चौक में खड़े होकर बची हुई कापियाँ तीन-तीन पैसे में ही बेच दीं।

''ताज़ा पर्चा आ गया, 'सियासत' का ताज़ा पर्चा।'' हीरामण्डी में खड़े होकर आवाज़ लगाई। और फिर मेरी आवाज़ मेरे गले में ही अटक गई। एक मकान में से गाने की आवाज़ आ रही थी—

यह दुआ है आतिशे इश्क में
तू मेरी तरह ही जला करे
न नसीब हो तुझे बैठना
तेरे दिल में दर्द उठा करे

कार्तिक का महीना देखते-देखते मगहर बनता जा रहा था। एक ठंडक मेरे पाँवों में से गुज़रकर बदन में समा गई। और ग़ज़ल...यह मेरे वालिद की ग़ज़ल है. ..और शायद मेरे वालिद साहिब भी अन्दर बैठे हों...यह गानेवाली शायद उनकी ग़ज़ल को उनके सामने बैठकर गा रही हो...

मेरा वालिद शहर में ही रहता था, कटरा वलीशाह में। मैं पाँच साल का था, जब माँ मुझे और अपनी नन्हीं-सी बेटी सिराज को लेकर अपने भाई के घर भाटी दरवाज़े आ गई थी, पर मुझे अपने वालिद का घर अच्छी तरह याद था। वे कई ग़ज़लें भी याद थीं जो मेरे वालिद की लिखी हुई थीं।

'मेरी माँ का कसूर ?' मैंने सोचा। मेरी उम्र छोटी थी, पर ख्यालों को जवानी चढ़ने लगी थी। 'सिर्फ यह कि वह मामूली-से नैन-नक्शोंवाली औरत है।' 'वह मेरे

वालिद के रंगीन ख्यालों पर पूरी नहीं उतरी।'

''विलायत बेगम...मैं अखबार बेचना भूल गया। सोचने लगा, 'कहते हैं वो बहुत अच्छा गाती हैं, और मेरे वालिद साहब उनके लिए ग़ज़लें लिखते हैं।' ये बातें सुनी-सुनाई थीं, पर यह पता था कि वह विलायत बेगम ईदवाले दिन मीठी चीज़ें और बकरीद वाले दिन नमकीन चीज़ें हमारे घर ज़रूर भेजा करती थीं और मेरे वालिद साहब अपनी ग़ज़ल में विलायत बेगम का नाम लिखा करते थे।

सामने मकान में से अभी भी आवाज़ आ रही थी–

यह दुआ है आतिशे इश्क में
तू मेरी तरह ही जला करे
न नसीब हो तुझे बैठना
तेरे दिल में दर्द उठा करे

मेरे गले में जितना ज़ोर था लगा दिया, ''ताज़ा पर्चा आ गया–'सियासत' का ताज़ा पर्चा।'' शायद सोच रहा था, 'देखता हूँ, ग़ज़ल का तरन्नुम ऊँचा उठता है कि अख़बार की आवाज़ ?'

कल अनारकली के चौक में मैंने अपने बचे हुए अखबार फिर तीन-तीन पैसो में बेच दिये थे और पास खड़े अखबार बेचने वाले पुरबिए लड़ पड़े थे।

आज शाम गहरी हो गई थी, पर पुरबियों से लड़ाई के डर से मैं चौक में नहीं गया। आज सोचा था चाहे कितनी देर हो जाए पर आज वह सारे अखबार पूरी कीमत पर बेचूँगा।

''ताजा पर्चा आ गया, 'सियासत' का ताज़ा पर्चा'' की आवाज़ लगाते हुए मैंने उन दिनों चल रहे कत्ल के एक मशहूर मुकद्दमे की सुर्ख़ी पढ़ी।

मेरे हाथ में अखबार एक झंडे की तरह झूल रहा था। आवाज में कत्ल के मुकद्दमे का हाल था। तेज-तेज चलते पैर अचानक रुक गए–सामने दूर काली शेरवानी पहने मेरे वालिद साहब आ रहे थे...

हीरामण्डी में मेरे वालिद का इतना नाम है, हर गानेवाली उनका नाम जानती है–ताज साहब ! हर गानेवाली उनसे नई ग़ज़ल लेने के लिए उन्हें सलाम करती है। यहां मुझे...अपने बेटे को वे अखबारें बेचते हुए देखेंगे...उनकी इज़्ज़त को ठेस लगेगी...नहीं....नहीं....मैंने सोचा, मैं कहीं छिप जाऊँ।

जल्दी से दोनों तरफ देखा, सड़क का दामन खुला था, कहीं छिपने की जगह नहीं थी। फासला कम हो रहा था। बाएँ हाथ सड़क के किनारे पटरी पर बिजली

का एक खम्भा नज़दीक था। मैं झट से उस खंभे के पीछे हो गया। खंभे की ओट काफी नहीं थी। पर ज्यो-ज्यों मेरा वालिद नज़दीक आता गया, मैं पाँवों को सरकाता हुआ छिपने की कोशिश करता रहा।...और फिर तसकीन की साँस ली, वालिद साहब ने देखा नहीं था।

वालिद साहब एक मकान की सीढ़ियाँ चढ़ गए और मैं खम्भे की ओट छोड़कर खुली सड़क पर चल पड़ा। दाएँ हाथ में अखबार झंडे की तरह झूल रहा था और आवाज़ में कत्ल के मुकद्दमे का हाल था...

बकरमण्डी में से निकलकर मैंने देखा, व्यापारी अपने-अपने माल पर निशानियाँ लगा रहे थे। कोई अपनी भेड़ों के माथे पर लाल रंग लगा देता, कोई अपनी भेड़ों के बदन पर गोल निशान लगा देता और कोई अपनी भेड़ों की ऊन में से थोड़े से बाल काट देता।

भेड़ों की ऊन कई जगह पर गिरी हुई थी। मैंने हाथ के अखबारों की ओर देखा और फिर आगे बढ़ता हुआ आवाज़ लगाने लगा, "ताज़ा पर्चा आ गया..."

जब काफ़ी अँधेरा हो गया तो मेरे पाँव बकरमण्डी की ओर मुड़े। भेड़ें बाड़ों में चली गई थीं और उनकी जगह उनकी ऊन पड़ी हुई थी।

जिस तरह कोई हाथ से गोबर इकट्ठा करता है या रेल की पटरी पर से कोयला बीनता है, मैंने भेड़ों के बाल इकट्ठे कर लिए।

"भाभी, यह तुम कात लोगी ?' रात को जाकर मैंने भेड़ों की सारी ऊन माँ के आगे रख दी।

दूसरे दिन माँ ने दो चरखे चलाए। एक प्राणों का और एक लकड़ी का। मन के चरखे पर दुखों का सूत काता और लकड़ी के चरखे पर ऊन का सूत काता। मेरे कान दोनों चरखों की गूँज सुन रहे थे...

जहाँ मैं काम सीखता था, एक दिन दरवाज़े के बाहर से आवाज़ आई—'उस्ताद जी !'

'देख तो फ़ैज़, कौन है बाहर ? मुझे तो ताज साहब लगते हैं, तेरे वालिद साहब !" उस्ताद गुलाम फ़रीद ने हाथ से कलम एक तरफ रख दी और मेरी तरफ देखा।

"कहाँ हैं उस्तादजी ?" ताज साहब दहलीज के अन्दर आ गए थे। "आइए-आइए ताज साहब।" उस्तादजी ने दायें हाथ पड़े हुए तकिए को आगे किया और फिर कहा, "यह फ़ैज़ है, फ़ैज़ मुजद्दद अपना बेटा।"

ताज साहब ने मेरी ओर देखा, और फिर कितनी देर तक देखते रहे। हाथों में एक संकोच था। फिर अन्दर से खून में एक उबाल आया, अनायास हाथों में हरकत आ गई, उन्होंने मेरी पीठ थपथपाई।

"बहुत सयाना बेटा है, बहुत होनहार." उस्ताद गुलाम फरीद ने कहा। फिर उसे लगा, शायद ताज साहब ने उनकी बात नहीं सुनी थी। उनकी आँखें अभी तक बेटे के चेहरे की तरफ लगी हुई थीं। उसने फिर कहा, "कोई दो साल यह मेरे पास 'सियासत' के दफ़्तर में भी बैठता रहा है। फिर जब मैं यहाँ अपनी बैठक में ही काम करने लग गया, यह भी मेरे साथ ही आ गया। अब तो अच्छी महारत हो गई है। हाथ बहुत साफ हो गया है। देखिए तो कैसा खुशख़त लिखता है।" और फिर उसे एक और बात याद आ गई, कहने लगा, "पहले-पहले तो बरकत अली को नुक़्तेवाले क़ाफ़ से लिख देता था, अब तो इसके हिज्जे बहुत अच्छे हो गए हैं।" और फिर उस्ताद ने साथ ही यह भी कहा, "अब तो पन्द्रह-बीस रुपए भी महीने के कमा लेता है।"

ताज साहब बैठ गए। तकिए के साथ टेक लगाई और कहने लगे, "बात यह है, उस्तादजी, कि मुझे एक हफ्तावारी पर्चा निकालना है और यह किताबवाला काम आपको करना होगा। यह काम मैं किसी और से नहीं करवाना चाहता।"

"मालिक हैं आप। जैसे कहें।" उस्तादजी ने कहा।

"फिर बात पक्की हुई !" मेरे वालिद बोले।

ताज साहब उठे। उनकी आँखें फिर मेरे चेहरे को देखने लग गईं। कहने लगे, "इसे अपने साथ ही ले आना, उस्तादजी !"

"जैसा कहें," उस्ताद जी ने कहा !

"यह वहीं रहेगा," ताज साहब ने कहा और कमरे से बाहर जाने लगे।

"तू आ जाएगा न ?" दहलीज के पास जाकर वे रुक गए।

मैंने हामी न भरी। इन्कार भी न किया। ताज साहब मिनट-भर और खड़े रहे, फिर कहने लगे, "अपनी वालिदा को भी साथ ले आना।"

फिर उन्होंने जवाब का इन्तज़ार नहीं किया और कमरे से बाहर चले गए।

घर आया, माँ से बात की। वह कहने लगी–

''तेरा कहा मैं मान लेती, फ़ैज़ ! पर...''

मैंने कहा, ''अगर भाभी तुम्हारा दिल नहीं करता तो न सही....''

माँ कहने लगी, ''यह बात नहीं, फ़ैज़ ! यह तो पता नहीं मेरी कौन-सी किस्मत है जो तेरे वालिद ने मुझे याद किया है।...पर...डरती हूँ, यह मेरी किस्मत फिर मेरे साथ कोई धोखा कर जाएगी।'' माँ ने कहा, पर अपने कपड़े सम्भाल लिए और बेटी सिराज को गोद में उठा लिया।

वालिद साहब के मकान का रंग ही बदल गया। बाहर की बड़ी बैठक एक हफ़्तावार अखबार का दफ़्तर बन गई और अन्दर के छोटे दो कमरे घर बन गए। बाहर मैं अपने उस्ताद के साथ मिलकर किताबत करता और अन्दर मेरी माँ घर के काम में लगी रहती।

''...डरती हूँ, यह मेरी किस्मत फिर मेरे साथ कोई धोखा कर जाएगी।'' कुछ ही महीनों में माँ का डर सच हो गया। वालिद साहब पिछले पन्द्रह दिन से अलीपुर गए हुए थे—उर्स के मेले पर, वे जब लौटे तो उनके साथ एक और औरत थी।

''फिर चलो भाटी दरवाज़े, मामा के घर चले जाते है,'' मैंने माँ से कहा।

''तुझे तकलीफ़ तो नहीं होगी ?'' वह पूछने लगी।

मैंने कहा, ''मुझे भला क्या तकलीफ़ होगी ? अब मैं तुम्हें किसी के घर काम नहीं करने दूँगा। मैं महीने के बीस रुपए तो जरूर बना लूँगा।''

माँ ने फिर अपने वही कपड़े सम्भाल लिए जो वह भाटी दरवाजे से आते समय साथ लाई थी...

वक़्त की बेमिसाल शायरा

सारा शगुफ़्ता की क़लम से

1982 में जब सारा ने मुझे अपनी जिन्दगी की दास्तान लिखकर भेजी, तो पागलख़ाने के दिनों का ज़िक्र करते हुए यह भी लिखा—"बड़ी मुश्किल से मैंने काग़ज़ और क़लम हासिल किए और पागलों की गुफ़्तगू लिखती रही। जल्दी शाया करवाऊँगी"—वही गुफ़्तगू अब मुझे उन काग़ज़ात में से मिली है, जो सईद अहमद साहब कराची से लाए हैं।

सारा का यह मज़मून एक दस्तावेज़ है, यहाँ दर्ज कर रही हूँ :

पागलख़ाना

मुझे होश आया तो मैं कराची हस्पताल, यानी पागलख़ाने में थी। मेरे इर्द-गिर्द पागल औरतें घूम रही थीं। मैं कोने में दुबक गई और सलाख़ों को देखने लगी। दरवाज़े पर ताले की आँख लगी थी।

यह क़ैद एक नए अन्दाज़ से मेरे बिस्तर पे लेटी थी। मुझे अपने तीसरे शौहर के जुल्म याद आए और एक नफ़रत, जो क़ैद से बड़ी थी...

मेरा शौहर बेजा मुझे इतना मारता कि जिस्म पर नील पड़ जाते...बेक़सूरी की सज़ा जुर्म से बड़ी होती है। वजह यह थी, वह मेरी शायरी से डरा हुआ था और एहसास-ए-कमतरी की वजह से मुझ पर जुल्म करता—हालाँकि मैं उसके बूटपालिश तक करती, तमाम घर वालों के कपड़े धोती, फ़ाका बर्दाश्त करती, सास-ननदों की गालियाँ सुनती। मुझे पड़ौस में जाने की इजाज़त नहीं थी। हर बात पे मुझे आवारा कहा जाता हालाँकि मेरे पास चवन्नी तक न थी। उसने शादी कुत्ते की तरह लोट-लोटकर की थी, शादी के तीसरे रोज़ वह गिरगिट की तरह रंग बदल गया।

मैं चूड़ी की तरह टूट गई। और चारदीवारी की पनाह में वह कुछ हुआ, जो सड़कों पर भी नहीं होता। वह जब चाहता, मेरे जिस्म पर भौंकता, मैं ख़ौफ़ज़दा हो जाती—फिर मुझे एक माह में दौरे पड़ने लगे। मैं तलाक़ माँगती तो वह मुझे और मारता। ननदें गालियाँ देतीं। मेरे पढ़ने से उसे तकलीफ़ होती। मैं दिन-भर रोया करती। मेरे घरवाले भी मेरे घर न आते कि मैंने तो पसन्द से शादी की थी। कोई पुरसानेहाल न था।

ख़ैर, छः माह के जब्र और तशद्दुद के बाद मैंने तलाक़ ले ली। मुझे दूसरी ज़िन्दगी मिल गई, लेकिन मैं ज़हनी तवाज़न खो बैठी। गलियों में घूमती रहती, ग़लत लफ़्ज़ बोलती रहती। और फिर जो शायर हज़रात थे, उन्होंने मेरी दीवानगी से पूरा-पूरा फ़ायदा उठाया और मुझे और ज़लील किया। मैं बिल्कुल पागल हो गई।

मेरी अम्मी मुझे पागलख़ाने छोड़ आईं, इलाज के लिए। जब मुझे होश

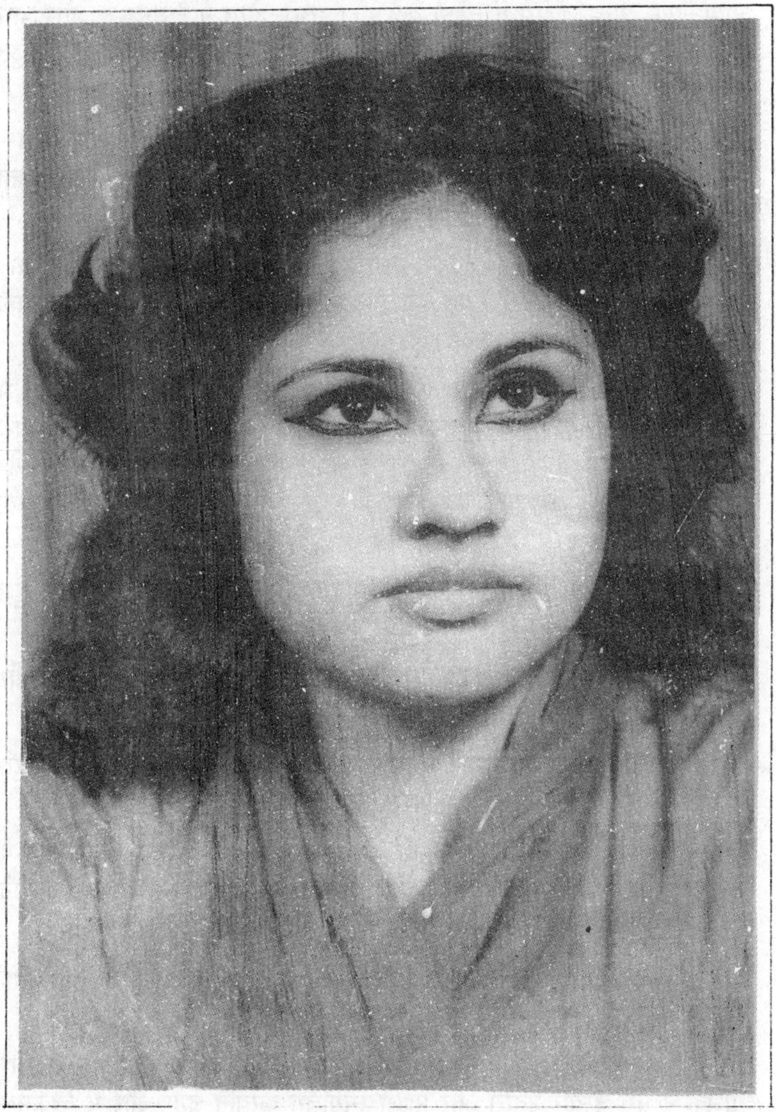

सारा शगुफ़्ता

आया–एक औरत ज़ंजीरों में सहमी बैठी थी। दूसरी औरत ने ख़लाअ से आँखें बांध रखी थीं। तीसरी औरत की घड़ी से वक़्त गिर गया था। मैं इनको देखकर बहुत रोई। मैं शायरा हूँ, मैंने उनकी बातें लिखनी शुरू कीं।

एक औरत मुसलसल कहती रही–"मेरा इज़ारबन्द मत खोलो।" दूसरी औरत– "मैं घर नहीं जाना चाहती। कहीं डाक्टर मेरी छुट्टी न कर दे। मैं यहीं रहना चाहती हूँ।"

एक औरत जो पागल नहीं थी, उसका भानजा उसे पागलख़ाने छोड़ गया था। वह कहती, मैं पागल नहीं हूँ। वह मेरी जायदाद पर कब्ज़ा करने के लिए मुझे यहाँ छोड़ गया है। वह वाक़ई पागल नहीं थी।

एक औरत ने बताया–मेरा शौहर दल्ला है और मुझसे पेशा करवाता है। मैं शरीफ़ ख़ानदान की लड़की हूँ। एक दोस्त पुलिस वाले ने मुझे पकड़ा। तस्वीरें अख़बारों में आईं। और जब पुलिस मुझे पकड़कर ले गई, हवालात में दस पुलिसवालों ने मेरे साथ ज़िना किया। और फिर मुझे मारा भी। इस पर मैं ज़हनी तवाज़न खो बैठी हूँ।

एक और पगली ने कहा–मेरा देवर और शौहर मेरे साथ सोते हैं और मुझे ब्लैकमेल करते हैं !

एक कुँवारी पगली ने कहा–मुहल्ले के एक गुण्डे ने मुझे अग़वा किया और रात-भर पाँच मर्द मुझे लूटते रहे।

और पाँच औरतें इस वजह से बीमार थीं कि उनके शौहर मुहब्बत तो करते थे, कमाते नहीं थे। वे बच्चों को पालने के लिए झाड़ू-बर्तन करती थीं।

एक बहुत पढ़ी-लिखी लड़की थी, वह और मैं ज्यादातर साथ-साथ रहते। मैं पहरों उससे बातें किया करती। एक ख़ास वक़्त पर म्यूज़िक लगा दिया जाता। गाने के बोल थे, 'आज मैं आज़ाद हूँ दुनिया के चमन में।'

मैं उठी और नाचने लगी। फिर तमाम औरतें नाचने लगीं। रक़्स ख़त्म हुआ तो मेरी दोस्त रोने लगी। मैंने पूछा–क्यूँ रो रही हो ?

उसने बताया–मुझे एक से मुहब्बत थी। मैंने घर छोड़ा, बच्चा छोड़ा और मेरे आशिक़ ने मेरी तस्वीरें उतारीं और मुझसे स्मगलिंग करवाने लगा, और मैं ब्लैकमेल हो गई। और फिर उसने एक भरपूर क़हक़हा लगाया और फिर रक़्स करने लगी।

एक बड़ी बी ने कहा–मेरा बेटा मेरे साथ ज़बरदस्ती सो गया...और फिर एक क़हक़हे का इज़ाफ़ा हुआ–

डाक्टर आते और एक-एक मिनट गुफ़्तगू करते। एक मिनट का मतलब है—नोट्स, इलाज नहीं।

पागल का इलाज क्या ऐसे करते हैं ?

कोई औरत शोर मचाती तो इलैक्ट्रिक शॉक लगा देते। हम जनरल वार्ड के पागलख़ाने में थे, इसलिए हमारी कोई चीज़ महफ़ूज़ नहीं थी। एक औरत दूसरी औरत का फल खा जाती। एक औरत मेरे सिगरेट पी गई, एक फ्रूट खा गई। एक ने कपड़े पहन लिए। आपस में औरतें इतना लड़तीं कि एक-दूसरे के कपड़े फाड़ डालतीं।

मैं चिल्लाती रहती—चाय दो। चाय पिला दो। सिगरेट मँगा दो। कोई न सुनता। वक़्त पर रोटी आती, गन्दे बर्तनों में। कमरा इतना गन्दा कि मैं अक्सर एक-दो निवाला ही खा पाती।

एक डाक्टर तो मुझसे लड़ पड़ा। मुझे दौरा पड़ गया। ख़ैर, सिस्टर्स दिलासा देती रहीं। डाक्टर नहीं आया। मैंने हस्पताल की दीवार पर लिखा—'नाज़ी कैंप' और डाक्टर से कहा—"मैं कालम लिखूँगी तुम्हारे ख़िलाफ़।"

वह हँसा, "कालम तो कितनी बार लिखे जा चुके हैं..."

जब इन्साफ़ के सदके मेरी छुट्टी हुई तो मैं बहुत रोई। मेरी औरतें मुझसे बिछड़कर फ़िर पागलख़ाने में रह गई थीं।

सलाख़ों का ताला खोला गया, और मैं दरवाज़े के बाहर। सारी औरतें मुझे देखने लगीं, जैसे कह रही हों—

"सारा, अब तुम असली पागलख़ाने में जा रही हो।"

अल्लाह रक्खी

बम्बई के नामवर कलाकार हरकिशन लाल हैं, जिनके चित्रों की नुमायश जाने कितने मुल्कों में हुई थी और उनके अन्तर की गहराई को लेकर एक दिन मैंने उनकी ज़िन्दगी पर एक किताब लिखी थी—'न राधा न रुक्मिणी'। वे कृष्ण थे, इसलिए सिर्फ़ एक कमरा था, ज़िन्दगी की तल्ख़ियों से भरा हुआ, जिसका नाम 'राधा निवास' हुआ...और यह एक तल्ख़ हकीकत है कि ऐसी लड़की उनकी ज़िन्दगी में नहीं आई, और यही वजह थी कि मैंने उनकी ज़िन्दगी की परछाइयाँ काग़ज़ पर उतारते हुए, किताब को नाम दिया था 'न राधा न रुक्मिणी...'

वे बम्बई से, करीब एक महीने के लिए, दिल्ली आए थे। अपनी बहन के बेटे के पास रहे, और रोज़ दोपहर को मेरे पास आते, और ज़िन्दगी की जिन तल्ख़ हकीकतों को याद में उतारते हुए जो बोलते, मैं उनके सब हरफों के नोट्स लेती रहती। और इस तरह वक्त पाकर किताब लिखी...

और उन दिनों, एक दिन ऐसा हुआ, वह अल्लाह रक्खी का नाम लेते हुए जाने कहाँ खो गए। उनकी आवाज़ भरी हुई थी। दिल था, जो होठों पर आकर छलकने लगा। बोले—

"अल्लाह रक्खी...मैंने उसके बदन को एक जवान मर्द की तरह कभी छूकर नहीं देखा। मैं बहुत छोटा था, सिर्फ़ तीन साल का, तब मेरे लुधियाना वाले घर के सामने एक दर्ज़ी का मकान था, और अल्लाह रक्खी उसकी बेटी थी, करीब पन्द्रह साल की, जो रोज़ मुझे गोद में लेकर खिलाती रहती...और मुझे उसके बदन से माँ के दूध की महक-सी आती थी, मन्दिर के सूफ़ जैसी...यह अब से क़रीब साठ साल पहले की बात है। उसकी आवाज़ में जादू था, जब वह ग़ज़ल गाती, और किसी ना'त के बोल उठाती, तो खुदा की एक रहमत थी जो उसकी आवाज़ से बरसने लगती...

"लोग कहते थे—उसकी आवाज़ सुन कर उड़ते हुए पंछी भी खड़े हो जाते थे...और एक दिन ऐसा आया, जब वह सत्रह साल की हुई, उगते हुए सूरज ने काले बादलों के पीछे अपना सिर छुपा लिया...घर के लोग और आसपास के लोग उसे खोज-खोज कर थक गए, पर वह कहीं नहीं थी...

"मुझे लगता—जैसे रोज़ का सूरज आते ही जाने कहाँ चला जाता है, और उसकी रोशनी कहीं नहीं रहती...

"इस तरह करीब बीस दिन गुज़रे थे, जब देखा कि अल्लाह रक्खी अपने बाप के दरवाज़े पर खड़ी थी, और बाप के हाथ में एक छड़ी थी, जिसे वह बेटी पर बरसाने लगा था...

"गली-मोहल्ले के लोग वहाँ जमा होते गए। मैं भी भाग कर गया, और लोगों की भीड़ में से रास्ता बनाता हुआ, अल्लाह रक्खी के पास जाकर उसकी छाती से लिपट गया...

"बाप के हाथों से छड़ी छूट गई...लेकिन एक तल्ख़ हकीकत सामने आई कि अब अल्लाह रक्खी के लिए उसके बाप का और उसकी जाति वालों का हर दरवाज़ा बन्द हो गया...

"पता चला था कि पहले तो पुलिस का एक इंस्पैक्टर था, जो उसे कहीं ले गया था, और फिर शहर के बाहर की ओर सिर्फ़ चौबारा रह गया था, उसके लिए...

"याद आता है, एक दिन अल्लाह रक्खी मुझे उठा कर ताज़िए देखने गई थी, जहाँ उसने मेरा हाथ, हसन के सफ़ेद घोड़े की पीठ पर रखा था एक क्षण के लिए, और कहा था–'हसन के इस पाक घोड़े को हाथ लगा दें तो खुदा करम करता है...'

"लेकिन वक्त आया, जब न कहीं अल्लाह रक्खी दिखाई देती, न खुदा का करम...'

"मैं बड़ा होता गया और कुछ-कुछ समझ में आने लगा कि यह सब क्या हुआ था...फिर पता चला, शहर का, एक खाते-पीते घर का आदमी था, जो अल्लाह रक्खी पर ऐसा फ़िदा हुआ, कि एक दिन ख़ाकशाह होकर उसी के यहाँ रहने लगा, और हुक्का भरने लगा। बाज़ार की ख़रीदारी भी वही करता था।

"तब मैंने उस आदमी से दुआ-सलाम का रिश्ता बना लिया और एक दिन उसके साथ अल्लाह रक्खी को देखने चला गया...

"चौबारों की महफ़िलें क्या होती हैं, तब मैं नहीं जानता था। दहलीज़ तक पहुँचा, तो इतना ही देखा, अन्दर ज़मीन पर एक सफ़ेद चादर बिछी हुई थी, जहाँ मख़मल के गोल तकिए पड़े थे, जिनका सहारा लेकर जाने कौन लोग बैठे थे...

"और सितारों वाले कपड़े पहनकर अल्लाह रक्खी अपनी आवाज़ का जादू बरसा रही थी...जाने कैसे उसकी नज़र दहलीज़ की तरफ़ गई, उसने मुझे देखा, तो उसकी आवाज़ उसके होठों पर खड़ी रह गई। वह जल्दी से मेरे पास आई, और मेरा हाथ पकड़ कर, पीछे की सीढ़ियों में ले गई, मुझे गले से लगाया, और बोली–"तुम्हें मेरी कसम ! फिर कभी यहाँ नहीं आना...और हरकिशन की आवाज़ में एक रुलाई आ गई। कहने लगे–"और मैं ज़िन्दगी भर किसी के भी चौबारे पर नहीं जा सका ...लगता–हर चौबारे में अल्लाह रक्खी बैठी है..."

सरदाराँ बेगम

ये साहिर थे जिन्होंने लिखा था—'औरत ने जनम दिया मर्दों को, मर्दों ने उसे बाज़ार दिया...'

और चित्रकार हरकिशनलाल उनके करीबी दोस्त थे, जो इकट्ठे कभी स्कूल में पढ़े थे और फिर कॉलेज में भी, और साहिर की ज़िन्दगी की तल्खियों का लम्हा-लम्हा जानते थे। जब मैं हरकिशनलाल की ज़िन्दगी पर एक किताब लिख रही थी, एक दिन वे यादों में उतरते हुए कहने लगे—

"एक दिन बम्बई में व्हिस्की पीते हुए साहिर ने कहा—यार किशन ! तेरी और मेरी ज़िन्दगी में अजीब मुशाहबत है...

मैंने कहा—"मैं भी कभी हैरान सा हो जाता हूं...

साहिर ने कहा, "देख ! हम एक ही साल पैदा हुए थे, ठीक एक ही तारीख़ को..."

मैं हँस दिया, कहा, "कालेज के दिनों में हम दोनों ने अपना-अपना पहला इश्क किया था..."

साहिर हँस दिया, कहने लगा—"फिर जब लाहौर में थे, वहाँ भी एक-एक लड़की से हमारा दूसरा इश्क हुआ..."

मैंने कहा—"और हम दोनों ने सारी उम्र अकेलेपन का अपना-अपना ज़हर पिया..."

साहिर ने व्हिस्की का ग्लास फिर से भर लिया और कहने लगा—"कई अफ़वाहें थीं, जो मेरी भी बनती रहीं और तेरी भी। सिर्फ एक फ़र्क है—मेरे ज़ैलदार बाप ने तेरह शादियाँ की थीं। हर साल नाचने-गाने वालियों के ख़ेमे लगते, और इसके अलावा मेरे बाप की जाने कितनी रखैलें थीं। लेकिन तेरे बाबूजी निहायत शरीफ़ थे...

मैंने कहा—"हाँ, बाप तो शरीफ़ था, पर मेरे नानाजी तेरे वालिद की तरह अय्याश तबीयत के थे...वो अंग्रेजों के ज़माने में एक ज़िले के ठेकेदार थे। उनके अपने भी बहुत से खेत थे, जहाँ मुजरेवालियों के चौबारे भी बने हुए थे...अपनी गली में भी उनकी एक दायमी रखैल थी...

साहिर ने पूछा—"तेरे नानाजी का क्या नाम था ?" मैंने कहा—"आसाराम जी।" और साहिर ने पूछा—"तूने कभी मेरे वालिद को देखा था ?" मैंने कहा—हाँ, वो शेरवानी पहनते थे। हमारी गली में जो गुल्लू चाचा थे, उनके पगड़ी-बदल भाई बने हुए थे।...उस वक्त मुझे याद हो आया कि वो जो अल्लाह रक्खी थी, जब चौबारे

में चली गई, तो फ़ज़ल की रखैल कहलाने लगी...वही ज़ैलदार फ़ज़ल तेरा वालिद था...''

और यह कहते-कहते मेरी आँखें भर आईं लेकिन मैंने हँस कर साहिर से कहा—''वो अल्लाह रक्खी मेरी माँ जैसी थी। तेरे वालिद की रखैल हुई तो एक तरह से तेरी माँ जैसी हो गई...''

ये सब कहते-कहते हरकिशनलाल का मन भर आया, कहने लगे—''साहिर की अम्मी सरदारॉ बेगम जब ज़ैलदार फ़ज़ल की बीवी बनी, तो ज़ैलदार को एक ही हसरत थी, कि उसकी पहली बीवियों से कोई बेटा नहीं पैदा हुआ था। और एक रोज़ साहिर की अम्मा ने हम दोनों को रोटी खिलाते वक्त बताया था कि वो मीरान कलियर की दरगाह थी जहाँ जाकर मैंने पीर से बेटा माँगा था...तभी तो साहिर का जन्म हुआ था...''

हरकिशनलाल ये सब सुनाते हुए मुझसे कहने लगे—''देखो अमृताजी ! क्या इत्तफ़ाक है कि मैं जब छोटा था, बहुत बीमार पड़ गया था तो अल्लाह रक्खी मुझे उसी पीर की दरगाह पर लेकर गई थी...''

और मैं जानती थी कि ज़ैलदार फ़ज़ल की अय्याशियों से तंग आकर एक रोज़ सरदारॉ बेगम ने वो घर छोड़ दिया था...वो नहीं चाहती थी कि उसका बेटा अपने उस बाप के साए में रहे...

साहिर का नाम अब्दुल हई रखा था उसके वालिद ने, सिर्फ़ इसलिए कि उसका हमसाया कोई अब्दुल हई उसका दुश्मन था, और अपने बेटे का नाम लेकर वो जब चाहता और जितनी चाहता अपने दुश्मन को गालियाँ दे लेता, बहुत जोर से गालियाँ देता कि उसकी गालियाँ उसके दुश्मन के कानों में पड़ती रहें...

सरदारॉ बेगम के लिए वो कड़ा वक्त था जब वो अकेली अपने बेटे को लेकर रही थीं। फ़ज़ल साहब ने बहुत कोशिश की थी। माँ से बेटे को अलग करने की, यहाँ तक कि माँ के लिए ख़तरा बना रहा कि किसी दिन उसका बेटा उठवा लिया जाएगा...

सरदारॉ बेगम के साँस सूखते रहते। उधर फ़ज़ल साहब थे जो जद्दी जायदाद को अपनी अय्याशी में लुटा रहे थे...और एक-एक कर सारी जायदाद बिकने लगी थी...

जद्दी जायदाद को बेचने का हक नहीं होता, इसलिए मामा के कहने पर साहिर

ने बाप पर कई मुकद्दमे दायर कर दिए थे...

हरकिशनलाल साहिर की बातें करते हुए जैसे रो देते, कहते, ''साहिर की जवानी अदालतों में खड़े-खड़े गुज़रती रही, और उसकी अम्मा सरदारॉ बेगम के दिन ये दुआ करते हुए गुज़रने लगे कि खुदा करे कहीं फ़ज़ल साहब अपनी दौलत के ज़ोर से मेरे बेटे को न उठवा लें...''

मज़हर-उल-इस्लाम

मज़दूरों, हारियों, और मुसाफ़िरों के खुदा
सच की जेब कट गई
कोई उसके हिस्से की रोटी चुरा कर ले
गया ऐ खुदा ! आने वाले साल में हमें
सच की फ़सल बोने का हौसला दे !

इस तरह की दुआएं, मज़हर-उल-इस्लाम हर नए साल के आने पर लिखते रहे, और मैंने जब उनकी दस साल की दुआओं को सामने रख कर एक लम्बा मज़मून लिखा, जिसमें उनकी लम्बी दुआओं के कई अंश दुहराए तो साथ ही लिखा—'कहते हैं एक बार जुनैद खुदा की इबादत में था, दुआ माँग रहा था, कि कोई वहाँ आया, भरे मन से सुनता रहा, फिर कहने लगा—'सूफ़ी मियाँ ! दुआ तो माँग रहे हो, लेकिन तुम्हें यकीन है कि खुदा कहीं है ? अगर न हुआ तो ?' उस वक्त जुनैद बोला, "मैं इसलिए दुआ नहीं माँग रहा कि खुदा है, लेकिन यह जानता हूँ कि मेरी दुआ सुन कर अगर वह नहीं भी है, तो उसे होना पड़ेगा'—और मज़हर-उल-इस्लाम की दुआएँ पढ़ कर ठीक उसी तरह मन भर आता है, और कहने को मन करता है कि ये दुआएँ सुन कर, अगर खुदा नहीं भी हो तो उसे होना पड़ेगा...

मज़हर-उल-इस्लाम एक बहुत बढ़िया कहानीकार हैं। कहानी क्या है ? उन्होंने बड़े वसीह अर्थों में जो कहानी की तशरीह की है, पहले, उनका वह नज़रिया सामने रखती हूँ—

कहानी एक दुपहर की

कहने लगी—तुमने अपनी कहानियों की इस किताब का फिर अजीबो-ग़रीब सा नाम रख दिया—'ख़त में पोस्ट की हुई दुपहर...''

मैंने कहा—'मुझे ऐसे ही नाम सूझते हैं। मेरे मोहभ्रम दोस्त नियाज़ अहमद साहब, जो कि मेरे पब्लिशर भी हैं, हर बार मुझ से, इस बात पर नाराज़ हो जाते हैं। इससे पहले, जब मैंने अपनी कहानियों के तीसरे मजमुआ—'गुड़िया की आँख से शहर को देखो' का टाइटिल डिज़ाइन किया, तो स्याह रंग देख कर नियाज़ साहब ने कहा था—आइन्दा अगर तुमने अपनी किताब के टाइटिल के लिए स्याह रंग तजवीज़ किया, तो मैं तुम्हारी किताब नहीं छापूँगा।'

कहने लगी—अब की बार नियाज़ साहब फिर नाराज़ होंगे, क्योंकि किताब का नाम बिल्कुल मुख़्तलिफ़-सा है। और तुमने टाइटिल भी ऐसा ही डिज़ाइन किया होगा।

मैंने कहा—अब की बार टाइटिल में स्याह रंग नहीं, दोपहर का रंग है।

कहने लगी—भला कभी दुपहर भी ख़त में पोस्ट की जा सकती है ?

मैंने कहा—क्यों नहीं ? एक शाम, दुपहर, पूरा साल, सारी उम्र, कुछ भी, किसी दूसरे को ख़त में पोस्ट किया जा सकता है...

कहने लगी—तुमने ख़त में पोस्ट की हुई दुपहर के नाम से एक कहानी भी तो लिखी थी...

मैंने कहा—वह कहानी इस किताब में शामिल नहीं...

कहने लगी—क्यों ?

मैंने कहा—मुझे अच्छा नहीं लगता। हर कहानी की अपनी शख़्सियत होती है। किसी एक कहानी के नाम पर किताब का नाम रख देने से, लोग सारी किताब को एक कहानी के हवाले से देखते हैं, जब कि दुपहर तो एक अलामत है, हवाला

मज़हर-उल-इस्लाम

है। दुपहर एक बच्चा है। मर्द है। कोई लड़की है। वक्त है। दुख है। प्यार है। नींद है। ख़्वाब है।

वह हँसी से छलकती-सी बोली—तुम भी अजीब-अजीब बातें सोचते हो—दुपहर—लड़की...

मैंने कहा—ऐसी दुपहर होती है, जो बालियाँ पहनती है, बाल बनाती है। मोतियों का हार और शाम रंग की चूड़ियाँ पहनती है। तुम भी तो एक दुपहर हो, हल्के ब्राउन रंग की। गर्मियों की लम्बी दुपहर, जब तेज़ धूप हर चीज़ को भून डालती है। चिड़िया गर्मी के मारे हलकान हुई फिरती है। और साया नाम को नहीं मिलता...

कहने लगी—तुम तो मुझे जानते भी नहीं कि मैं कौन हूँ ? तुम तो मुझ से कभी मिले भी नहीं। मैं कभी तुम्हारे सामने नहीं आई। तुमने कभी मुझे देखा तक नहीं। फिर तुम कैसे कह सकते हो कि मैं भी दुपहर हूँ...

मैंने कहा—मुझे तुमसे दुपहर की महक आती है...मैंने तुम्हारा ख़्याल अपने ज़ेहन पर लकीर लिया है। तुमने देखा होगा—बच्चों की ड्राइंग की कापी पर, नंबर लगे होते हैं। जब वे एक नम्बर से दूसरे नम्बर तक लकीर खींचते हैं, तो कोई-न-कोई शक्ल बन जाती है। बस, मैंने भी ऐसा ही किया। तुम्हारी बातों को जोड़ लिया, और जो नक्श बना है, वह एक झुलसा देने वाली दुपहर का है। बिल्कुल उस दुपहर जैसा, जब मेरे बाप ने मुझे घर से निकाल दिया था। गलियाँ धूप से भरी हुई थीं, और मेरे पाँव में जूता भी नहीं था।

कहने लगी—तुम्हारे पाँव तो जल गए होंगे ?

उसकी उदास-सी आवाज़ सुन कर मैंने कहा—गलियों का बदन दहक रहा था। कव्वों की तरह। अब तीस साल गुज़र जाने के बाद भी मेरे पाँव के तलवों पर उस दुपहर का निशान मौजूद है। मैंने उस दुपहर को सँभाल कर अपने पास रख लिया। सारी ज़िन्दगी वह दुपहर मेरे बहुत काम आई। उस दुपहर की वजह से मुझे फ़िराक़ की धूप में, जुदाई की लम्बी दुपहरों में, हालत की तंग गलियों में, इन्तज़ार के तपते सहरा की रेत पर नंगे पाँव चलना आ गया...उसी दुपहर से मुझे दुख की चाट पड़ी। अब भी वह दुपहर दुख की छतरी की तरह मेरी उम्र के किसी कोने में पड़ी है...

कहने लगी—दुख की छतरी ?

मैंने कहा—दुख की छतरी होती है। मैं तुम्हें बताऊँ, मेरे घर में कभी कोई छतरी नहीं थी। तेज़ धूप और मूसलाधार बारिश में भी, मैं बग़ैर छतरी के पैदल

स्कूल जाया करता था। जब मैं उसके घर के करीब से गुज़रता, तो उसकी तरफ़ ज़रूर देखता। वह अपने घर की छत पर खड़ी रहती थी। किसी छतरी की तरह। दुश्मनों ने रात को उसके बाप के खेतों और घर को आग लगा दी थी। ख़ानदान के सिर्फ़ दो अफ़राद ज़िन्दा बचे थे। वह बुरी तरह जल गई थी। उसका चेहरा बिगड़ गया था। उसे देखकर डर लगता था। इसलिए कोई भी उसकी तरफ़ देखता नहीं था। वह जवान और कभी खूबसूरत भी थी। उसकी आँखों में अजीब तरह की बेबसी तैरती रहती थी। मैं जब भी उसकी तरफ़ देखता, उसका ख़्याल, दुख की छतरी की तरह, मुझ पर साया कर लेता। धूप की शिद्दत कम हो जाती। मैंने दुख की इस छतरी को भी सँभाल कर अपने मन में रख लिया। बाद में यह छतरी भी मेरे बहुत काम आई। इन्तज़ार की मूसलाधार बारिशें, और फ़िराक़ की लम्बी दुपहरें, मैंने इसी दुख की छतरी के साए में गुजार दीं। इस छतरी ने मुझे दुख की लज़्ज़त से आशना किया। मेरे अन्दर दर्दमंदी पैदा की। मुझे रोना सिखाया।

कहने लगी—जिन लोगों के पास दुख की छतरी नहीं होती...

मैंने कहा—उनका दिल दर्द से आशना नहीं होता...वे मौसमों की सख़्तियाँ बर्दाश्त नहीं कर सकते। ज़िन्दगी का ज्यादातर हिस्सा दुख के मौसमों का होता है। मेरी तो सारी ज़िन्दगी दुख और इन्तज़ार से रंगी हुई है और मेरा मन दुख की छतरियों से भरा हुआ है। दुख की छतरी पास हो, तो तपस्या की लम्बी दुपहर आसानी से कट जाती है। रियाज़त की लम्बी रातें आसान हो जाती हैं। अपने-आप को सँभालना आ जाता है। बदन का रोज़ा रखना सहज हो जाता है। बदन का रोज़ा, लिखने के लिए बहुत ज़रूरी है। आँख मुहब्बत के जाम पिए, मगर बदन रोज़े से हो, तख़्लीककार वही होता है...

कहने लगी—इससे क्या होता है ?

मैंने कहा—कहानी, नज़्म, तस्वीर, और तहरीर में असर पैदा होता है। बदन का रोज़ा न रखा जाए, तो मुहब्बत करने का सलीका नहीं आता। कहानी के लिबास पर सच्चाई के फूल नहीं खिलते—

कहने लगी—यह तो बहुत मुश्किल है...

मैंने कहा—मुश्किल तो है। आँखें मुहब्बत की ठंडी छाँव में, और सारा बदन तेज धूप में जल रहा हो, किसी दरख़्त का सारा फल डाल पर ही पक जाए, वह फल से भरा हुआ हो, कोई आँधी या तूफ़ान गिरा न सके, कोई फल तोड़ न सके, दरख़्त को मुहब्बत (फल) का सारा मौसम इसी तरह गुज़ारना पड़े...

कहने लगी—यह तो ऐसे है, आप को शदीद प्यास लगी हो, आपकी ज़बान

पर काँटे चुभ रहे हों, आप किसी गुनगुनाती हुई नदी के किनारे-किनारे चलें, आँखों में शफ़ाफ़ मीठे पानी की ठंडक महक रही हो, मगर आप एक ओक पानी न पीएँ...

मैंने कहा—इस तपस्या और रियाज़त से तख़्लीक में ज़रखेज़ी आती है। यकीन पैदा होता है। इन्सान पत्ती-पत्ती बिखरता है। मर कर जीना पड़ता है। अपने-आप में जलावतनी अख़्तियार करनी पड़ती है। तब मुहब्बत की फ़सल पकती है। फिर इस फ़सल के बचाव के लिए, दिल के खेत के किनारे, डरौना खड़ा करना पड़ता है।

कहने लगी—इस तरह तो इन्सान दूसरों से कट जाएगा—

मैंने कहा—कभी-कभी मुझे इन्सानों से ख़ौफ़ आने लगता है। मैं फ़ासला ओढ़ लेता हूँ। तन्हाई में बैठ कर ज़िन्दगी का फटा हुआ लिबास सीता हूँ। अँधेरी रात में दुख के दीए की मद्धम लौ दिल में ख़्याल बोती है। दिल को इल्हाम होता है। दिल में कहानी की पाज़ेब की आवाज़ चहकती है...

कहने लगी—यह तो फिर ऐसे हुआ न, कि तेज़ धूप निकली हो और बारिश भी हो रही हो...

मैंने कहा—बड़ी अजीब कैफ़ियत होती है। धूप और बारिश एक साथ। एक ही वक्त में जुदाई और मिलाप का वक्त। प्यासी मिट्टी सहराब भी होती है और जुदाई की महक भी फैलाती है। बिल्कुल ऐसी ही महक तुम से भी आती है...ऐसी ही एक दुपहर मेरे एक दोस्त ने, दरिया में डूब कर खुदकशी कर ली थी, मुझे अच्छी तरह याद है...

कहने लगी—चुप क्यों हो गए ?

मैंने कहा—आज से पैंतीस साल पहले, जब हम कागज़ की किश्तियाँ बना कर, छोटे से बर्तन में पानी डाल कर खेल रहे थे, तो उसकी किश्ती डूब गई थी...

कहने लगी—किसकी ?

मैंने कहा—वह जो छोटी सी उम्र में बड़ी-बड़ी बातें करती थी। उसे सब से ज्यादा कहानियाँ याद थीं। बात करते वक्त, थोड़ा सा नाक चढ़ाती थी। अब पता चला है कि वह खुद भी एक दुपहर थी जो अब भी मेरे यादों के किसी कोने में कागज़ की गीली किश्ती की तरह पड़ी है...

कहने लगी—बहुत-सी दुपहरें तुम्हारे दिल में ठहर गई हैं...

मैंने कहा—उसमें से कुछ दुपहरें तो मेरे दिल में फूल बन कर उग आई हैं। कुछ आँसू बन कर मेरे दिल पर मूसलाधार बारिश की तरह बरसती हैं, और कुछ दुपहरें मेरे मन की दीवारों में यूँ पड़ी हैं, जैसे सियासी कैदी जेल की दीवारों में, अपने ख़त और नज़्में छुपा कर रखते थे...कुछ अर्सा पहले, जब नई जेल बन जाने की वजह से मेरे शहर की पुरानी जेल गिराई जा रही थी, तो गिरी हुई दीवारों से दुपहरें चीख़ की तरह गिरती थीं...मुझे गोलियों से छलनी वह दुपहर भी याद है, जब एक लड़की के भाइयों ने लड़की के महबूब को क़त्ल कर दिया था, और उसकी लाश तपती हुई सड़क पर पड़ी थी। कई साल गुज़र जाने के बावजूद यह दुपहर भी मेरे पास पड़ी है...और मेरा जी चाहता है कि अगर उस लड़की का पता मुझे मिल जाए, तो मैं यह दुपहर ख़त में डाल कर उसे भेज दूँ। मेरे पास ऐसी कई दुपहरें पड़ी हुई हैं, जो डाक में भेजने वाली हैं।

मैंने टी. वी. पर अमेरिकी औरतें देखी थीं, जो महाज़ पर जाने वाले अपने शौहरों, बेटों, भाइयों, और महबूब को अलविदा कहने समुन्दरी अड्डे पर आई हुई थीं। उनकी आँखों में भी मैंने दुपहर देखी थी। मेरा जी चाहता है, मैं यह दुपहर ख़त में डाल कर अमरीका के प्रेसीडेन्ट को पोस्ट कर दूँ...

ऐसी ही एक दुपहर मैं इराक़ के प्रेसीडेन्ट को पोस्ट करना चाहता था। एक दुपहर और भी है, लेकिन समझ में नहीं आता कि वह किस को पोस्ट करूँ ? वह दुपहर मैंने दाता गंजबख़्श के मज़ार पर देखी थी। वह रो-रो कर फ़रियाद कर रही थी—दाता ! कोई मेरी बेटी उठाकर ले गया है। मुझे मेरी बेटी मिला दे ! मैं तुम्हारे मज़ार पर झाड़ू दूँगी...

कहने लगी—क्या तुमने कभी कोई ख़ूबसूरत दुपहर भी देखी है ?

मैंने उसकी थकी-सी आवाज़ सुन कर कहा—एक बार मैंने एक ख़ूबसूरत दुपहर देखी थी। ब्राउन रंग की उजली निखरी हुई ख़ुदपसन्द दुपहर। उसे ख़ुद भी अहसास था कि वह एक ख़ूबसूरत दुपहर है। उसमें से कच्चे ख़्वाब की ख़ुशबू आ रही थी। उस की सफ़ेद कलाई पर एक डार्क ब्राउन निशान था। उसने सिर्फ़ एक चूड़ी पहन रखी थी। आँखें सोडे की बंटे वाली बोतल की तरह खुल जाने को तैयार। उसका सीना प्यासी चिड़िया की तरह हलकान हो रहा था। उसके मन में धूप और कमर पर हल्की-सी छाँव थी। वह दुपहर भी मेरे दिल में पड़ी है। अगर मुझे पता चल जाए कि वह कौन है, और कहाँ रहती है, तो मैं यह दुपहर उसे पोस्ट कर दूँ...

कहने लगी—क्या तुमने ख़त में पोस्ट की हुई कोई दुपहर देखी है ?

मैंने कहा—हाँ ! लिफ़ाफ़ा खोला, तो उसमें से जो काग़ज़ निकला, वह ख़ाली

था। सफ़ेद, कोरा—वह ख़त किसी सूनी गली की तरह था, किसी ऐसे घर की खिड़की की तरह था, जो घर के देर तक बन्द पड़ा रहने की वजह से जाम हो जाती है। खिड़की के पट फ्रेम से जुड़ जाते हैं, और ज़ोर लगाने से भी नहीं खुलते। देर तक बन्द पड़े रहने वाले घर की और बेमुहब्बत आदमी की गंध एक जैसी होती है...

कहने लगी—तुम्हारी बातों में इस कदर तनहाई क्यों है ?

मैंने कहा—दुपहर की वजह से...

कहने लगी—ज़िन्दगी बहुत कुछ है...

मैंने कहा—ज़िन्दगी मौत की जेब से चुराई हुई दुपहर है...

कहने लगी—दुपहर के वक्त लोग मिलते भी तो हैं...

मैंने कहा—इसीलिए तो कहता हूँ कि तुम भी एक दुपहर हो ? ऐसी दुपहर, जब तन्दूर में रोटी लगाते हुए जीरां माछन का हाथ जल गया था। जब बख़्त बानो की बारात उसे बिना ब्याहे लौट गई। जब करीम दर्ज़ी की बेटी गुड़िया सीते-सीते उसे अधूरा छोड़ कर गले में फन्दा डाल कर लटक गई। जब पुलिस तशद्दुद से वह हवालात में मर गया था।

कहने लगी—कैसी कड़वी-कड़वी बातें कर रहे हो ?

मैंने कहा—दुपहर एक सच है, इसलिए इसमें कड़वाहट तो होगी...

कहने लगी—क्या कोई दुपहर झूठ भी होती है ?

मैंने कहा—होती है। जब कोई शहज़ादा रास्ता भूल जाता है। जब कोई रानी सारी दुपहर सोकर गुज़ार देती है। जब प्यार, नफ़रत की रखवाली करता है, उसका पहरा देता है।

कहने लगी—तुमने सुबह के वक्त कभी दुपहर देखी है ?

मैंने कहा—एक बार एक पहाड़ी गाँव में, वह पनचक्की पर आटा पिसवाने आई थी। फिर एक बार कचहरी में जब एक शख़्स को तारीख़ भुगतने के लिए, हथकड़ियाँ पहना कर लाया गया, तब उसकी बूढ़ी माँ, बीवी और नन्हीं बच्ची अदालत के बाहर ठहरी हुई थीं। जब उसका नाम पुकारा गया, तो जैसे अदालत में सुबह के वक्त ही दुपहर हो गई...

कहने लगी—एक बार जब पुलिस दोनों जवान लड़कियों को पकड़ कर ले गई थी, तो मैंने उसकी माँ की आँखों में इस तरह की दुपहर देखी, दिसम्बर में भी लगता था जैसे जून का महीना हो। सर्दियों की वह दुपहर कितनी लम्बी थी...

मैंने कहा–जब भी नाइन्साफ़ी की लू चलती है, तो दुपहर लम्बी हो जाती है। सन्नाटा घना हो जाता है। आँखें उम्मीद की सुबह भूल जाती हैं।

कहने लगी–हमारे मुल्क में कितनी अदालतें हैं...

मैंने कहा–अदालत की बात तो बाद में आती है। ज़िन्दगी में कदम-कदम पर ऐसी-ऐसी नाइन्साफ़ियाँ होती हैं, जिनके ख़िलाफ़ किसी अदालत में मुकदमा भी दर्ज नहीं करवाया जा सकता। सियासी भीड़ में सिफारिश का सिक्का चलता है। बोसीदा घरों के दरवाज़े नौजवानों के अपाइंटमैंट लैटर का इन्तज़ार करते-करते अब थक गए हैं...छोटे-छोटे घरों में बैठी औरतें, गुरबत की लम्बी दुपहरों में महीने की बाकी तारीख़ों पर छाँव काटती हैं...

टीचर ने बच्चे को औरेंज की तस्वीर बनाने का होमवर्क दिया था। मगर उस से हर बार चूहे की तस्वीर बन जाती...

मर्द अभी घर नहीं आया। उसने अपने मूव ओवर के सिलसिले में ज्वाइंट सैक्रेटरी साहब से वक्त माँगा था। पी.ए. ने उसका ग्रेड पूछ कर, उसे साहब की मसरूफ़ियत से आगाह कर दिया। मगर उसके दफ्तर में काम करने वाली एक ख़ातून ने फ़ोन करके, ज्वाइंट सैक्टरी साहब को अपने दफ्तर में ही बुला लिया है–

कहने लगी–मैं भी एक ऐसी ख़ातून को जानती हूँ, वह एक नालायक-सी औरत है। मगर औरत होने की वजह से, बहुत से फायदे उठा लेती है। कोई सैक्रेटरी, ज्वाइंट सैक्टरी, या आला अफसर ऐसा नहीं, जिससे उसकी वाकफ़ियत न हो। वह हर काम मिनटों में करवा लेती है। किसी पार्टी की तस्वीर देखो, वह उसमें मौजूद होती है...

मैंने कहा–यह भी नाइन्साफ़ी का एक रूप है...

कहने लगी–मैंने एक बीमार दुपहर भी देखी थी...

मैंने कहा–मैंने एक दुपहर को अस्पताल के बरामदे में किसी को बेसुध पड़े देखा था। उसके हाथ में दवा की शीशी थी। उसके मुँह से राल बह रही थी, चेहरे पर मक्खियाँ भिनभिना रही थीं। चूहे उसका दुपट्टा कुतर कुतर-कर खा गए थे...

कहने लगी–एक तो हमारे मुल्क में चूहे बहुत हैं। क्या ये सरकारी दफ्तरों, मंत्रियों के दफ़्तरों, और प्राइम मिनिस्टर हाउस में भी हैं ?

मैंने कहा–चूहों को इन जगहों में दाख़िल होने के लिए कौन-सा सिक्योरिटी पास लेना पड़ता है...मेरा ख़्याल है, चूहों की बातें न करें, मुझे घिन आती है....

कहने लगी–आओ, दुपहर की बातें करते हैं। तुमने अपनी किताब का नाम

‘ख़त में पोस्ट की हुई दुपहर’ रखा है। तुम्हारी बात अब मेरी समझ में आ गई है। यह बताओ, तुमने कभी डाकख़ाने में भी दुपहर देखी है ?

मैंने कहा—देखी है। वह दुपहर मुहर जैसी थी, जो खटाखट ख़तों पर लग रही थी। मैंने ऐसी दुपहर भी देखी है, जो डाक के टिकट की तरह थी। जिसका कोना हल्की-सी छाँव के टुकड़े की तरह फटा हुआ था। वह हर रोज़ सुबह-सुबह अपने बेटे का ख़त पूछने आती थी। पोस्टमास्टर उससे कहा करता—अम्मा ! जाओ ! दुपहर को आना ! डाक दुपहर को आती है। मगर वह अपनी जगह से हिलती नहीं थी और कहती थी—दुपहर तो हो गई...हालांकि उस वक्त सुबह होती थी। हर शख़्स की अपनी-अपनी दुपहर होती है। स्पेन के नामवर शायर और ड्रामानिगार लोर्का के एक ड्रामे का मशहूर जुमला है—‘दुपहर पाँच बजे’।

पहले उसकी आँखों से काग़ज़ पर आँसू गिरने की आवाज़ आई—और फिर कहने लगी—तुम्हारी इस किताब में शामिल कहानियों में दुपहर कहाँ-कहाँ है ?

मैंने कहा—मेरी कहानियाँ पढ़ो ? तुम्हें खुद-बखुद पता चल जाएगा।

गुस्से से कहने लगी--मेरा तो ख़्याल है, तुम भी एक दुपहर हो। तन्हा...उदास ...और वीरान दुपहर...जी चाहता है—तुम्हें ख़त में डाल कर हर किसी को पोस्ट कर दूँ...

'दुख की छतरी पास हो तो तपस्या की लम्बी दुपहर आसानी से कट जाती है...बदन का रोज़ा लिखने के लिए बहुत ज़रूरी है। आँख मुहब्बत के जाम पिए मगर बदन रोज़े से हो, तख़्लीककार वही होता है...

"देर तक बंद पड़े रहने वाले घर की और बेमुहब्बत आदमी की गंध एक सी होती है–"

ये कहने वाले मज़हर-उल-इस्लाम अपनी हर कहानी सचमुच मन की सूक्ष्म तरंगों से बुनते हैं। अब उनकी एक कहानी–

एक कहानी–भुला देने के लिए

आधी रात के समय वह भी आ गया और कहने लगा–मैं वह काली बस भी ले आया हूँ। चलो, तुम्हें दफ़्न कर दें...

मैंने मुस्कराकर उसकी ओर देखा, और कहा–तुम वादे के बहुत पक्के हो, वक्त के भी पाबन्द हो। तुम सचमुच एक अच्छे दोस्त हो...

उसने कुर्सी पर बैठ कर सिगरेट सुलगाया और कहने लगा–मुझे तो इससे पहले आ जाना था, पर आज यह काली बस सारा दिन बहुत मसरूफ़ रही। शहर में छः मौतें हुईं, और आख़िरी जनाज़ा उठाने में बहुत देर हो गई। अब शहर में इस एक बस के अलावा और कोई इन्तज़ाम तो है नहीं....

यार ! यह काली बस भी बहुत दिलचस्प है, दूसरी बसों में तो जगह मिलती नहीं, पर इस बस में मरहूम को एकदम ड्राइवर के साथ जगह मिलती है...

चल ! फिर जल्दी कर। तुम्हें दफ़्न कर आएँ। तुम पूरी तरह मर चुके हो न !

लो ! अब पूछ रहा है। मुझे मरे तो कई दिन हो गए। याद कर ! मैं तुम्हें कई दिनों से कह रहा हूँ, किसी दिन वक्त निकाल कर आ जाओ और मुझे दफ़्न कर आओ।

चलो फिर, तुम्हारी पसंदीदा बस बाहर खड़ी है, जाकर ड्राइवर् की सीट के पीछे ख़ाली जगह पर लेट जाओ ! मुझे अफ़सोस है कि मैं तुम्हारे लिए मस्जिद से डोली नहीं ला सका...

ठहरो ! मैं अपने बचपन के दोस्त को ख़त लिख लूँ...

मैं काग़ज़ कलम लेने के लिए मेज़ की ओर गया, 'मेरा दोस्त दूसरे मुल्क में है, ज़रा उसे इत्तिला कर दूँ कि मैं मर गया हूँ, और आज रात मुझे दफ़्न किया जा रहा है...'

मुर्दे ख़त नहीं लिखते। उसने मुझे रोक दिया। कोई, खुद ही उसे मरने की

इत्तिला दे देगा...

पर मैं अपनी महबूबा को तो ख़त लिख लूँ...

बेवकूफ़ न बन ! मरा हुआ आदमी महबूबा का नहीं, बीवी का हुआ करता है। इसलिए यह ख़त बिल्कुल फ़िज़ूल होगा, अलबत्ता अपनी बीवी को अपनी मौत की इत्तिला ज़रूर दे दो। और उसके लिए ख़त लिखने की क्या ज़रूरत है, यह इत्तिला तो मैं ही तुम्हारी बीवी को दे दूँगा। और उसे यह भी बता दूगा कि मैंने तुम्हें तुम्हारी मर्ज़ी की जगह पर दफ़न कर दिया है। वह रोएगी, मातम करेगी। जीवित और सेहतमंद आदमी महबूबा का, तथा बीमार और मरा हुआ आदमी बीवी का हुआ करता है...

यह बात तुमने बहुत पते की कही है ! तो क्या मैं टेलीफोन पर अपनी बीवी को अपने मरने की इत्तिला दे दूँ ?

यह न करना। वर्ना तुम्हारी अंतिम रस्मों में बहुत देर हो जाएगी। तुम्हारी बीवी ज्यादा-से-ज्यादा वक्त, तुम्हारी मय्यत के सिरहाने बैठने की कोशिश करेगी, और हो सकता है कि वह यकीन करने के लिए कि तुम सचमुच ही मर गए हो, डाक्टरों को बुला ले। क्या पता वह तुम्हें दफन ही न करने दे। मैं उसे इत्तिला कर दूँगा, और तुम्हारी कब्र की निशानदेही भी कर दूँगा।

ठीक है ! पर क्या तुम अकेले यह काम कर सकोगे ? तुम कहो तो मैं अपने दोस्त को बुला लूँ, उसे मेरी अंतिम रस्मों में शिरकत कर खुशी होगी। दोस्तों को तो कब्र पर मिट्टी डालनी ही चाहिए...

कौन-सा दोस्त ?

वही, जिससे तुम उस दिन मिले थे।

नहीं, हम अकेले जाएँगे। मैं किसी ख़तरे के कारण यह नहीं कह रहा। बल्कि क्या पता वह तुम्हारी कब्र खोदने और तुम्हारी मय्यत के साथ कब्रिस्तान जाने का मुआवज़ा तलब करे...उसकी तरबियत जिस माहौल में हुई है, वहाँ हर बात, कारोबारी नुक्तानज़र से देखी जाती है। वह तुम्हें क्या मुहब्बत करेगा, वह तो इकतरफ़ा मुहब्बत का कायल है। वह तो मौत के बाद की ज़िन्दगी पर यकीन नहीं रखता। क्या पता, उसे जब तुम्हारी मौत का इल्म हो, तो वह तुम्हारे साथ दोस्ती का रिश्ता ही तोड़ ले—क्योंकि वह तो ज़िन्दगी पर यकीन करता है। और मौत से पहले-पहले इस ज़िन्दगी से पूरा-पूरा मज़ा और फ़ायदा उठा लेना चाहता है...

तुम ठीक कहते हो। वह वास्तव में ही हर बात में फ़ायदा तलाश करता है। वह सिर्फ अपनी ग़र्ज़ का ख्याल रखता है। वह एक इन्तहाई सख़्तदिल आदमी है।

इसमें उसका कोई कसूर नहीं। उसकी तरबियत में यह बात शामिल है कि दुनिया के हर रिश्ते की बुनियाद ग़र्ज़ पर होती है। वह किसी के लिए कुर्बानी करना गुनाह समझता है।

चल, फिर उठ ! रात बीत रही है...

मैंने जल्दी से अपनी कुछ ज़रूरी किताबें संभालीं, कलम उठाया, कुछ सादा काग़ज़ लिए, और उन्हें बैग में रखते हुए, उससे कहा—यह बैग भी मेरे साथ दफ़न कर देना !

वह कुर्सी से उठा, एशट्रे में सिगरेट बुझाया, और बैग मेरे हाथ से लेकर दरवाज़े की ओर चल दिया। मैंने अपने कमरे को आख़िरी नज़र देखा, और उसके पीछे-पीछे चल दिया...

सामने काली बस अँधेरे का हिस्सा बन कर खड़ी थी।

जब वह ड्राईवर की सीट पर बैठ गया तो मैं उसकी सीट के पीछे मय्यत की जगह लेट गया। उसने बस चला दी, और गियर लगा कर उसकी दिशा कब्रिस्तान की ओर मोड़ दी।

मेरे दिल में एक ख्याल आया तो मैंने कहा—मैं तुम्हारा शुक्रगुज़ार हूँ, कि तुम वक्त निकाल कर मुझे दफ़्न करने आए हो। तुमने यह भी अच्छा किया कि मुझे किसी को खत नहीं लिखने दिया। पर इस समय मुझे एक बोसे की कमी शिद्दत से महसूस हो रही है। मुझे यकीन है, मेरे चेहरे पर मौत देख कर कोई तो ऐसा होगा जो मुझे बोसा दे दे। यह जान कर भी कि मैं मर चुका हूँ, वह मेरे साथ लिपट जाए।

पर एक और बात भी तो है—

वह क्या ?

हो सकता है, तुम्हारे घर वालों को तुम्हारी मौत पर यकीन ही नहीं आता, और वह तुम्हें झिंझोड़ कर मौत की नींद से जगाने की कोशिश करते...सिगरेट सुलगा कर तुम्हारे हाथ में पकड़ा देते, और इसरार करते कि सिग्रेट पिओ ! आज तुम सिगरेट क्यों नहीं पी रहे ? उनकी चीख़ें तुम्हारा दिल हिला कर रख देतीं, तुम्हारे बच्चे तुम्हें ऐसा करने से रोकते, और क्या पता अपने बेटे का बोसा तुम्हें फिर ज़िन्दगी की हरारत से आशना कर देता....

यह भी ठीक है...

इतने में बस रुकी, उसने दरवाज़ा खोला, और नीचे उतरते हुए बोला—आ !

तेरी कब्र के लिए जगह चुनें।

अँधेरे में हम दोनों कब्रों के बीच चलते जा रहे थे कि एक जगह वह रुक गया, और क़ब्रों के दरमियान एक ख़ाली जगह की ओर इशारा करते हुए बोला—क्या यह जगह तुम्हारी कब्र के लिए ठीक रहेगी ?

मैंने इर्द-गिर्द की कब्रों पर लगे कुतबों की ओर देखा और कहा—तुम्हें पता है कि मैं कब्रिस्तान में आता रहता हूँ, और काफी कब्रों को अच्छी तरह पहचानता हूँ। यहाँ इर्द-गिर्द खुदगरज़ और लालची लोगों की कब्रें हैं। मैं ज़िन्दगी भर ऐसे लोगों से बचता रहा हूँ। अब मौत के बाद मुझे उन लोगों के सुपुर्द क्यों कर रहे हो ? वह पी.आर. की महफ़िलें लगाते रहेंगे, मुझे कोई बहुत अलग और ख़ामोश जगह चाहिए है...

मेरी बात सुन कर वह कुछ कहे बिना आगे चल दिया और थोड़ी दूर चुपचाप चलने के बाद एक जगह फूलों से ढकी हुई कब्रों को देख कर ठहर गया, और बोला—तुम्हारी कब्र के लिए यह जगह ठीक रहेगी...

तुम कहीं मुझे फूलों का लालच तो नहीं दे रहे ? जब मेरी कब्र पर फूल रखने के लिए कोई नहीं आएगा, तो मुझे दूसरों की कब्रों पर पड़े हुए फूलों से क्या मतलब ? वैसे भी मैं ऐसे लोगों की कम्पनी के लायक नहीं, जिनके दोस्त और अज़ीज़ उन्हें अभी तक याद कर रहे हैं। उनके मर जाने के बाद भी, उनका आदर-सम्मान कर रहे हैं। उनसे प्यार करते हैं...

उसने एक पल के लिए ग़ौर से फूलों को देखा, और आगे बढ़ते हुए कहने लगा—मेरा ख़्याल है कि अब तुम अपनी कब्र के लिए कोई जगह पसन्द कर ही लो। क्योंकि ज्यादा वक्त नहीं है, और अभी तुम्हारी कब्र खोदनी भी है...

चार कदम चलकर उसने निर्णय लेने जैसा कहा—मेरे ख्याल में यह जगह ठीक है...तुम यहाँ ही ठहरो, मैं दौड़ कर बस से कुदाल और फावड़ा ले आऊँ...

मैं अभी सोच ही रहा था कि वह जल्दी से बस की ओर चल दिया।

जब तक वह वापस आया, मैंने इर्द-गिर्द की कब्रों के कुतबे पढ़ लिए थे। जैसे ही वह मेरे करीब आया और मैंने अँधेरे में लिपटी उसकी साँसों की आवाज़ें सुनीं, तो कहा—नहीं यार ! यह जगह भी ठीक नहीं। यहाँ इर्द-गिर्द झूठे और खुशामदी लोगों की कब्रें हैं...

उसने कंधे पर रखे कुदाल और फावड़े को ठीक किया और कहा—क्योंकि यह तुम्हारी क़ब्र का मसला है, और मैंने तुम्हें दफ़न करने का वादा किया है, इसलिए मेरी कोशिश यही होगी कि जगह तुम्हारी पसन्द की हो...

तो फिर मेरी एक बात मान लो तुम ! मेरी कब्र उस जगह खोदो, जहाँ इर्द-गिर्द बच्चों की क़ब्रें हों। मैं इस चालाकी, झूठ और फ़रेब से तंग आ गया हूँ। बच्चों को मासूमियत और बेलौस मुहब्बत मुझे अच्छी लगती है...

वह जल्दी से मुड़ा, मैं भी उसके पीछे-पीछे था।

बच्चों की क़ब्रों के करीब पहुँच कर उसने कुदाल और फावड़ा कन्धे से उतारे। कमीज़ के बाजू चढ़ाए और मेरी क़ब्र खोदने लगा। मैं उसकी मदद करने के लिए आगे हुआ, पर उसने मुझे रोक दिया और कहने लगा—मुर्दे अपनी क़ब्र खुद नहीं खोदा करते...

मैं चुपचाप एक ओर बैठ गया। वह मेरी कब्र खोदता रहा...

मेरे दिल में एक ख़्याल आया—यार ! कहावत यह है कि क़ब्रें भी माँ जैसी होती हैं, वे इस तरह हमारा इन्तज़ार किया करती हैं, जिस तरह माँएँ अपने बच्चों का इन्तज़ार करती हैं।

मेरी बात का जवाब दिए बगैर वह मेरी कब्र खोदता रहा। कुदाल की आवाज़ आहिस्ता-आहिस्ता गहराई में उतरती जा रही थी। उसके साँस तीखे होते जा रहे थे। आवाज़ में थकावट घुल रही थी। यह देखकर कि वह बहुत थक गया है, मैंने एक बार फिर इसरार किया...ला यार ! मैं तुम्हारी मदद करता हूँ...अकेले व्यक्ति के लिए कब्र खोदना कोई आसान काम नहीं...

वह मेरी बात मानने के मूड में नहीं था इसलिए बात बदलने के लिए कहने लगा—क्या तुम अपने लिए कफ़न ले आए हो ?

हाँ, इस बैग में है। पर साथ ही मुझे ख़्याल आया—शिलाएँ नहीं लाए। मैंने कहा—तुम कब्र खोदो ! मैं पत्थर इकट्ठे कर के लाता हूँ।

नहीं, वह भी मैं खुद लाऊँगा। तुम मर चुके हो और मर चुका आदमी अपनी कब्र के लिए पत्थर कैसे उठाकर ला सकता है। मुझे मालूम है, वह कहाँ पड़ी हुई हैं। गोरकुन की कोठरी की पिछली दीवार के साथ पत्थरों का ढेर लगा हुआ है.. मैं चुप हो गया...वह कब्र खोदता रहा...फिर जब मुझे अहसास हुआ कि कब्र की गहराई लगभग मुकम्मल हो चुकी है, और वह उसमें उतर कर अब फावड़े से मिट्टी बाहर फेंक रहा है, तो मैंने कहा—ज़रा ध्यान से। यहाँ साँप और ज़हरीले कीड़े भी हो सकते हैं...

तुम फ़िक्र न करो। थोड़ा-सा काम बाकी रह गया है।

अब उसकी आवाज़ से मिशन की कामयाबी की ताज़गी आ रही थी।

मैंने बैग खोल कर उसमें पड़ा कफन अच्छी तरह देखा। इतने में हाथ झाड़ने की आवाज़ आई। मैंने पूछा—खुदाई मुकम्मल हो गई ?—नहीं, अभी थोड़ी-सी बाकी है। मैं ज़रा पत्थर ले आऊँ। कहीं इतने में गोरकुन न जाग जाए...

मैंने उसकी हाँ-में-हाँ मिलाई। वह कब्रों से गुजरता गोरकुन की कोठरी की ओर चल दिया और थोड़ी देर बाद वहां कंधे पर शिला उठा कर वापस आ गया। कहने लगा—अभी एक चक्कर और लगेगा। दो-चार शिलाएँ बढ़ जाएँगे तो कोई बात नहीं, अगर कुछ कम हो गईं, तो वहाँ से लानी मुश्किल हो जाएँगी।

उसने एक-एक कर शिलाएँ ज़मीन पर फेंकी, और मेरी ओर देख कर कहने लगा—बस, मैं अभी आया। और वह और शिला लाने के लिए गोरकुन की कोठरी की ओर चल दिया...जब वह और शिला ले आया, तो उसने ऊँची आवाज़ में सारी शिलाएँ गिनीं और फिर कब्र खोदने में मसरूफ़ हो गया। अब कुदाल की आवाज़ में पहले से ज्यादा तेज़ी आ गई थी।

जब कब्र की खुदाई मुकम्मल हो गई, तो वह मेरे पास आया, और बोला—चल ! अब कफ़न पहन ले ! कब्र मुकम्मल हो गई है...

मैंने जल्दी से बैग की ज़िप खोली। कफन बाहर निकाला और अपने कपड़े उतारने लगा। उसने कफ़न मेरे हाथ से ले लिया और बोला—मुर्दे खुद कफ़न नहीं पहनते। तुम कपड़े उतार लो। कफ़न तुम्हें मैं खुद दूँगा...जब वह मुझे कफ़न पहना चुका, तो बोला—काफ़ूर कहाँ है ?

—अगर तुम काफूर ले आते तो अच्छा था। कीड़े करीब नहीं आते...

मैं अपनी कब्र की ओर चल दिया। पर उसने मेरे कन्धे पर हाथ रखकर मुझे रोका। मैंने उसे समझाने की कोशिश की—देख ! मैं खुद चलकर कब्र में लेट जाता हूँ। तुम पटरियाँ रख कर मिट्टी डाल देना...

पर उसने मेरी बात मानने से इन्कार कर दिया और कहा—मुर्दे खुद अपनी कब्र में नहीं लेटते, मैं तुम्हें खुद...

उसने आगे होकर मुझे कंधे पर उठा लिया, और बड़ी कोशिश से मुझे कब्र में लिटा दिया...

हम दोनों चुप थे। उसने कहा—क्या तुमने सब को बता दिया था कि तुम आहिस्ता-आहिस्ता मर रहे हो ?

—हाँ, मैंने सब को बता दिया था। पर वे यही कहते रहे कि तुम नहीं मरोगे...

—और तुम मर गए...

—बिल्कुल...पर अब मैं तुम्हारी किसी बात का जवाब नहीं दूँगा।

फिर उसने फावड़े से मेरी क़ब्र भरनी शुरू की, और जब कब्र मुकम्मल हो गई तो उसने मेरी दसीयत के मुताबिक मेरी ओर से भी मुट्ठी भर मिट्टी कब्र पर डाली। दुआ पढ़ी, और बस की ओर लौट गया।

अब इस बात को बरस होने चला है। कुछ लोगों का ख्याल है कि मैं अभी ज़िन्दा हूँ, और कुछ लोगों का ख्याल है, कि मैं मर चुका हूँ...

हिन्दू पानी-मुसलिम पानी

जब मैं बहुत छोटी थी, माँ-बाप के साथ कहीं भी जाना होता, स्टेशन से गाड़ी पकड़नी होती, तो देखती, लाहौर के प्लेटफ़ार्म पर मुसाफ़िरों के लिए पानी का बंदोबस्त करने वाले, गाड़ी के हर डिब्बे के सामने से गुज़रते, आवाज़ें लगाते–हिन्दू पानी, मुसलिम पानी...

मैं सोचती रह जाती कि लोग पानी को जनेऊ कैसे पहनाते होंगे ? और सुन्नत कैसे करते होंगे ?

बड़ी हुई तो देखा–यह नफ़रत के बीज जाने किसने इस ज़मीन पर बोए थे कि अब क्या पूरब के लोग और क्या पश्चिम के, उनकी ज़हरीली हवा में साँस लेते हुए तड़प रहे हैं...

एक अमरीकन स्त्री ईवान लैब्या की ज़िन्दगी का एक वाक़या यहाँ सामने रखती हूँ, जो भारत में शिवानन्द आश्रम में रहने आई थी। वह कहती है–

''आश्रम में एक दिन एक पादरी मुझसे मिलने आए। बहुत गम्भीर दिख रहे थे। आते ही कहने लगे–'क्या मैं अन्दर आ सकता हूँ ? मैं तुम्हारे लिए प्रार्थना करना चाहता हूँ...'

मैंने कहा–''बहुत-बहुत शुक्रिया ! आ जाइये ! यह मेरी खुशनसीबी है। आपके आने की मुझे खुशी है''।

वे घुटनों के बल बैठ गए। आँखें मूँद कर। पल भर के लिए मेरी नज़र उनके सुन्दर संयमित चेहरे पर पड़ी, फिर मैंने भी प्रार्थना के लिए आँखें मूँद लीं।

''हे ईश्वर ! अपने इस अक़ीदतमन्द की दुआ सुन ले ! यह तुम्हारी बच्ची ईवान, जो इस समय मेरी इस दुआ में शामिल है, इसकी वार्ता कइयों के लिए प्रेरणा बन सकती थी, पर यह रास्ते से भटक गई है। इसे माफ़ कर दे खुदा ! तुम्हारे तक पहुँचने का सही रास्ता तलाशना मुश्किल है। इसे माफ़ कर और इसे कोई ऐसा संकेत दे, जिस से यह तुम तक पहुँचने के लिए वापिस आ जाए। हे ईसा मसीह ! केवल

तुम ही सच्चे खुदा हो..."

मैंने हैरानी के साथ पादरी की ओर देखा। उस दिन मेरे कमरे का पंखा नहीं चल रहा था, इसलिए बहुत गर्मी थी। मेरा वह मेहमान एक बहुत बड़े रूमाल से अपना चेहरा पोंछ रहा था। मैं हैरान थी कि यही कहने के लिए वे मेरी कुटिया तक आए, जिसके लिए उन्हें पच्चानवे सीढ़ियाँ चढ़ने की तकलीफ़ गवारा हुई। उनके खूबसूरत चेहरे पर कठोरता भी थी, उदासी भी। अचानक मुझे लगा—हम सब इस माया की दलदल में धँसे हुए हैं। हमारे रास्तों में पाप नहीं, भ्रम ही भ्रम हैं...

उस समय मुझे और लोग याद आए, जो मुझे कहते आए हैं कि मुझे नर्क भुगतना होगा। ईसाई धर्म अपनाने के लिए हिन्दुस्तानी ऐसी बातों में सबसे आगे हैं।

उस समय मुझे टाल्सटाय की याद आई, जिसे उसके धर्मवालों ने बाहर कर दिया था, क्योंकि उसका कहना था कि ईश्वर किसी ज़ालिम हाकिम की तरह सज़ा देने वाला नहीं है। ईश्वर मेहरबान है, प्यार की मूरत। जिसे बपतिस्मा नहीं दिया गया, ईश्वर उसे नर्क में नहीं भेजता। प्यार का एक ही रास्ता है, जिस पर चल कर इन्सानियत के रास्ते खुले हो सकते हैं....

स्वामी चिदानंद जी के लिए तो योग की धारणा के लिए मन में शुक्राने की तरंग उठी, हिन्दू धर्म के लिए भी जो एक नानी या दादी की तरह, अपनी-अपनी समझ से अहंकारित हुए अपने सब बच्चों को कबूल कर लेती है।

हमारे अचेत मनों में गहरे संस्कार होते हैं। एक कहानी मुझे याद आई—कि एक बार धर्म-उपदेशकों ने एक हिन्दू को कैथोलिक धर्म के बारे में बहुत कुछ सिखलाया-पढ़ाया, पर जिस दिन उसे इसाई धर्म में शामिल किया जाना था, वह नदी पर नहाने गया, तो पानी बहुत ठंडा था। उसने पानी में पैर डाला तो मुँह से निकला—राम...राम...

स्वामी चिदानंद ध्यान आए, जो क्राइस्ट को भी ईश्वर का भेजा हुआ समझते हैं, कृष्ण को भी, मोहम्मद, बुद्ध को भी...वे अनेक रूप में उस एक को देखते हैं...

इसी तरह रविवार का दिन था, जब एक बार दिल्ली के एक होटल में प्रोटैस्टैंट धर्म वालों की प्रार्थना चल रही थी। सभी श्रद्धालु हिन्दू दिख रहे थे। मैं भी एक कोने में जाकर बैठ गई—भजन सुनती रही। पादरी साहब अमरीकन थे, उन्होंने अपना उपदेश देने के बाद जब लोगों को देखा, उनकी नज़र मुझ पर भी पड़ गई। बड़े उत्साह से मेरी ओर आए, बोले—"इस मेरी प्रार्थना सभा में सिर्फ़ तुम दिखती हो पश्चिम की, क्या तुम हमारे चर्च की हो ?"

मैंने बताया—मैं एक आश्रम में रहती हूँ, तो उनका रुख़ बदल गया। मस्तक पर बल पड़ गए, और वे सब को सुनाते हुए ऊँची आवाज़ में बोले—"तुम ईश्वर को त्याग कर, मूर्तिपूजकों की शरण में चली गई, तुम्हें दयालु ईश्वर माफ़ करे !"

मैं उन्हें मूर्ति-पूजा के बारे में कुछ बताना चाहती थी, पर चुप रह गई। घंटा पहले एक सत्संग में मुझे स्वामी चिदानंद जी की एक किताब दी गई थी 'प्रैक्टिस ऑफ़ भक्ति योग'। उस समय वह किताब मेरी गोद में थी, मैं उसके पन्ने पलटने लग गई। सामने जो पन्ना आया, उसका शीर्षक था 'मूर्ति का दर्शन तत्व'। यह चमत्कारी वाक़या था, मुझे एक प्यारा हवाला सूझ गया। मैंने आँखें मूंद लीं, एक शुक्राने में। फिर आँखें खोलीं, किताब का एक और पन्ना पलटा, सामने लिखा था—"इन्सान के विकास के साथ पूजा-अर्चना भी बदल जाती है। कुदरत की पूजा भी होती है। पारसियों में अग्नि की पूजा की जाती है। हिन्दू—गंगा, गऊ और पीपल के पेड़ की पूजा भी करते हैं। वेदों में इन्द्र, वरुण, अग्नि, वायु के सूक्त हैं। यह सब कुदरत की पूजा है। वीर पूजा भी होती है, बहादुरों की, शिवाजी और नैपोलियन भी कई जगह पूजे जाते हैं। इन्सान उनके गुणों को अपने भीतर उतारना चाहता है। इसी तरह पितर पूजा भी होती है, पूर्वजों की पूजा भी। गुरुओं, ऋषियों, देवताओं की भी—ज्यों-ज्यों इन्सान विकास करता है, पूजा की सतह बदलती जाती है—ईश्वर कई नामों और कई आकारों में बसा होता है—पर मूल तत्व एक ही सत्ता की पूजा है, अपनी अनन्त शक्ति के साथ जुड़ने का यत्न...

'मैं जब यह पढ़ रही थी, हैरान-सी होकर आँखें उठाईं तो एक कोने में बैठा एक व्यक्ति हँस दिया, कहने लगा—"तुम सचमुच बहुत ठण्डे दिमाग़ वाली हो, उस आदमी ने (पादरी ने) इतना गुस्सा किया, तुम आराम से बैठी मुस्कराती रहीं।"

मैंने किताब में दोनों जगह निशानी लगाकर वह किताब उसे पकड़ा दी। मैंने समझा था, वह हिन्दुस्तानी है, पर उसने बताया कि वह काला अमरीकन है, एक मशहूर गाने वाला है। उसने किताब पढ़ी, फिर उठा, हाल से गुज़र कर पादरी के पास पहुँचा, और उससे गाने की इजाज़त चाही। इजाज़त मिल गई, तो उसने अमरीका का मशहूर गीत गाया—"सब कुछ उसके हाथ में है..."

उसके पास संगीत का जादू था, आवाज़ इतनी मीठी और लय में गुथी हुई कि और लोग भी उसके साथ मिल कर गाने लगे। सारा माहौल बदल गया। और मैं हैरान हुई, जब उसने मेरी किताब में से, निशान लगाए हुए पैरा निकाल कर पढ़ने शुरू कर दिए। और वह दो पन्ने पढ़ने के बाद फिर गाने लगा—"जीसस हमें प्यार करते हैं, बुद्ध हमें प्यार करते हैं, मोहम्मद हमें प्यार करते हैं, कृष्ण हमें प्यार करते हैं..."

लोग मंत्रमुग्ध होकर उसे देखने लगे। और वह जब मेरी पुस्तक वापस करने के लिए मेरे पास आया, कहने लगा—"मैंने पादरी का भला किया है, वह गुनहगार नहीं, सिर्फ़ बेइल्म है। तुम उसे माफ़ कर दो ! वह नहीं जानता कि वह क्या कर रहा है..."

फ़ख़्र ज़माँ

फ़ख़्र-ज़माँ का एक नावल 'सत गुआचे लोक' (सात खोए हुए लोग) जब सीमा के इस पार आया, तो उसकी बात हर जुबान पर थी। यह आवाज़ उन लोगों की आवाज़ थी, जो इन्तहा के दर्द से निकलती है, और ख़ास बात यह भी थी कि तकनीक के तौर पर यह नावल एकदम अलग तरह का था...

और फिर जुल्फ़िक़ार अली भुट्टो की मौत पर फ़ख़्र ज़माँ ने जो नावल लिखा 'बन्दीवान', वह सीमा के इस पार तो शाया हो गया, और बेहद मकबूल हुआ, लेकिन फिर उस तरफ़, फ़ख़्र-ज़माँ की सभी किताबें ज़ब्तशुदा करार दी गईं–

लाहौर में एक और दोस्त हैं, बड़े आला कहानीकार–इलियास घुम्मण, उनसे मैंने कहा कि वे फ़ख़्र-ज़माँ से ज़रा तफ़सील से बातें करें, और मुझे लिख कर भेज दें–मेरे रिसाले के लिए।

उस मुलाकात में फ़ख़्र-ज़माँ ने जो कहा, वह वक्त का एक दस्तावेज़ है। उसी में से कुछ अंश यहाँ दे रही हूँ–

"मैं ढुड्डी गोत के जाट ज़मींदार घर में पैदा हुआ, लाहौर गवर्नमेंट कालेज में एम.ए. करने के बाद हालैंड चला गया, इन्टरनैशनल अफ़ेअर्स पर ग्रेजुएशन करने के लिए। वापिस आया तो वालिद साहब से कहा–मैं सरकारी नौकरी नहीं कर पाऊँगा। सियासत और अदब की तरफ़ मुझे जाना है...

"पंजाबी में लिखने लगा तो अजीब एतराज़ उठा–जागीरदारों का बेटा होकर पंजाबी में लिखेगा ? ख़ैर, पीपुल्स पार्टी से ताल्लुक बना...नज़्म भी लिखने लगा था, लेकिन मुशायरों में जाकर, आवाज़ की ज़ोर-आज़माई

करना मुझे डिकेडैंट सोसायटी का आसार लगता है...पुराने वक्त में ज़ालिम बादशाहों और ऐशपरस्त नवाबों की तारीफ़ गाने वाले तो ऐसा करते थे, लेकिन मेरे ख़्याल में लेखक वह होता है जो किसी तानाशाह के जुल्मों से कम्प्रोमाईज़ नहीं करता। उसकी कमिटमैंट लोगों के साथ होती है। जिस अहद में वह जीता है, उस अहद में अपने इर्द-गिर्द के लोगों की पीड़ा और प्यास से अपने को आइडैन्टीफ़ाई करता है...

"तुम मेरी तारीफ़ करो, मैं तुम्हारी तारीफ़ करूँ—यह सिलसिला एक साहित्यिक माफ़िया बनाता है..."

उनकी किताबों के ज़ब्त होने का सवाल सामने था--जिसके उत्तर में फ़ख़्र ज़माँ ने कहा—"एक ऐसी सोसायटी जो फ़ासिस्ट और डिक्टेटोरियल सोसायटी है, उसमें मैंने सच कहा, और मेरी किताबें ज़ब्त हो गई.."

ख़ैर, पीपुल्स पार्टी की जब फिर हकूमत कायम हुई—तो फ़ख़्र ज़माँ की किताबों पर से पाबन्दी हटा ली गई...

फ़ख़्र-ज़माँ के नावल 'बन्दीवान' का एक अंश यहाँ दे रही हूँ...

फ़ख़ ज़मां

बन्दीवान

'ज़ैड' के मुकदमे के लिए बनाई गई 'ख़सूसी अदालत' के दो मेम्बर थे, एक वर्दी वाला आफिसर और एक अचकन वाला काज़ी, जिसने दाढ़ी रखी हुई थी।

'ज़ैड' को हथकड़ी लगा कर अदालत में पेश किया गया। उसे न तो वकील पेश करने की इजाज़त दी गई और न ही गवाहों की फ़हरिस्त दी गई।

वर्दी वाले अफ़सर ने 'ज़ैड' से मुख़ातिब हो कर पूछा "तुम पर क़त्ल की साज़िश का इल्ज़ाम है। तुम इसका इकरार करते हो या इन्कार।"

"कौन क़त्ल हुआ है ?" 'ज़ैड' ने जवाब दिया।

"तुम्हें नहीं मालूम ? तुम क़त्ल के मुजरिम हो और तुम्हें मकतूल के बारे में पता नहीं ?"

"तुम्हें मालूम है कौन क़त्ल हुआ है ?"

"बिल्कुल।"

"तुम्हें यह भी पता है कि क़त्ल का मुलज़िम कौन है ?"

"हाँ, मुझे क़त्ल के बड़े मुलज़िम का नाम पता है।"

"और फिर आप उस मुलज़िम को सज़ा क्यों नहीं देते ?"

"सज़ा देने के लिए ही तो हमने यह अदालत लगाई है।"

आप पहले ही तय कर के आए हो कि सज़ा ज़रूर देनी है।"

वर्दी वाले ने अचकनपोश की ओर देखा। उसने खाँस कर गला साफ़ किया और कहने लगा, "कानून के कुछ तकाज़े होते हैं। हम तुम्हें सफ़ाई देने का पूरा मौका देना चाहते हैं।"

"कौन-सा क़ानून ? और कैसी सफ़ाई ?"

“इस देश का कानून और तुम पर कत्ल के इल्ज़ाम के बारे में सफ़ाई।”

“इस देश का कोई कानून है भी ?”

“बिल्कुल है।”

“और उसी कानून के तहत यह ऊँची अदालत बनाई गई है ?”

“शायद।”

“बिल्कुल या शायद ?”

वर्दी वाला गुस्से में आ रहा था। उसने ‘ज़ैड’ से मुख़ातिब होकर कहा, “तुम अपनी सफ़ाई देना चाहते हो या नहीं ?”

“मुझे क्योंकि इल्म ही नहीं कि कौन कत्ल हुआ है, मैं अपने ऊपर लगाए गए इल्ज़ाम के बारे में क्या सफ़ाई दे सकता हूँ।”

‘यानी तुम अपने जुर्म का इक़बाल करते हो।”

“कौन-सा जुर्म और कैसा इक़बाल ?”

“ठीक है। तुम सफ़ाई नहीं देना चाहते, जिसका मतलब है तुम कत्ल के इल्ज़ाम का इकरार कर रहे हो। इसकी तुम्हें सज़ा मिल सकती है।”

“दे दीजिए।”

वर्दी वाले ने अचकनपोश की ओर देखा। दाढ़ी वाले ने ‘ज़ैड’ से मुख़ातिब होकर कहा :

“प्रासिक्यूटिंग इंस्पैक्टर इस्तगासे का केस पढ़ कर सुनाता है, और तुम उसके जवाब देते जाना।”

“मैं कोई जवाब देने के लिए तैयार नहीं।”

वर्दी वाले ने प्रासिक्यूटिंग इंस्पैक्टर को इशारा किया। उसने फ़ाईल खोली और पढ़ना शुरू किया :

“एफ़. आई. आर. के मुताबिक ‘ज़ैड’ ने कत्ल की साज़िश तैयार की।”

“अब शक का फ़ायदा मुद्दई को जाता है,” ‘ज़ैड’ ने आहिस्ता से कहा।

“आराम से सुन,” वर्दी वाले ने हुक्म दिया।

प्रासिक्यूटिंग इंस्पैक्टर अपना केस सुना रहा था। ‘ज़ैड’ ने अचकनपोश दाढ़ी वाले की ओर देखा :

''रासपुटिन ! लम्बी दाढ़ी और मोटी आखों वाले ! तुमने हमेशा शाहों के साथ मिल कर जनता पर जुल्म किए।

''तुम हैमोफिलिया के इलाज के जानकार—हमें अब तुम्हारा खून बहाना है।''

वर्दी वाला उबासियाँ ले रहा था। अचकनपोश पानदान से पान निकाल कर उस पर कत्था-चूना लगा रहा था। इंस्पैक्टर इस्तगासे का केस पढ़ रहा था।

'ज़ैड' ने वर्दी वाले की ओर देखा :

''तीर को एनी लगा रे दूल्ले,''

''फ़तिआनिया, सुन। राम मोहम्मद सिंह आज़ाद पिस्तौल को हवा में लहरा ! सुन रे भगत सिंह, बम को हाथ में सँभाल !''

वर्दी वाले और अचकनपोश ने एकसाथ इंस्पैक्टर को रुकने का इशारा किया।

वह रुक गया। उसने 'ज़ैड' से पूछा,

''तुम अपने ख़िलाफ़ केस की तफ़्सील सुन रहे हो ?''

''मैं काफ़्का के किरदार 'जोसेफ' के बारे में सोच रहा था।'' 'ज़ैड' ने जवाब दिया।

''वह कौन है ?'' वर्दी वाले ने अचकन वाले से पूछा।

उसने पान की थूक निगलते हुए कहा :

''कभी नहीं सुना, कोई विघटनकारी होगा।''

वर्दी वाले ने इंस्पैक्टर को इशारा किया। उसने फ़ाईल पढ़नी शुरू कर दी।

'ज़ैड' ने अपने दोस्त के मरने पर लिखी नज़्म की सतरें आहिस्ता-आहिस्ता पढ़नी शुरू कीं :

तुम मानो न मानो तुम काफ़्का के 'क्या' हो, तुम पर फ़र्द जुर्म आयद किए बिना मुकद्दमा चलाया गया है।

तुम बे-तकसीर (ड्राइफ़स और रोज़नबर्ग की तरह) बताओ, तुम बेगुनाह हो कि गुनाहगार !

'देखो' तुम फिर हँस रहे हो—

रोज़नबर्ग की नज़्में हैं—

'माफ़ी' की बातें न कर

सोपरैनो, कन्टरैल्टो, यमन मालकौंस की बात जाने दो, काफ़्का, हक्सले, हैनरी मिलर, एलिया कज़ान, कॉलिन विल्सन, पिकासो, सेलवेडोर डाली और टिमोथी लियरी का ज़िक्र जाने दो।"

वर्दी वाले ने इशारा किया। इंस्पैक्टर रुक गया। उसने 'ज़ैड' से कहा :

"तुम क्या फुसफुसा रहे हो ? अपने इल्ज़ाम के बारे में तफ़सील सुनाओ।"

"यह शे'र घड़ रहा होगा, शायर है।" अचकन वाले ने कहा।

"तुम क्या फुसफुसा रहे थे ?" वर्दी वाले ने दोबारा पूछा।

"मैं अपनी नज़्म की कुछ सतरें दोहरा रहा था।"

"उनका केस से क्या ताल्लुक है ?"

"केस का मेरे साथ क्या ताल्लुक है ?"

"तुम पर कत्ल का इल्ज़ाम है ?"

"किसने लगाया है ?"

"मुद्दइयों ने।"

"मुद्दई कौन हैं ?"

"जिनका क़त्ल हुआ है।"

"क़त्ल किनका हुआ है और कौन क़त्ल हुआ है ?"

"शटअप।" वर्दी वाले ने कहा और इंस्पैक्टर को इशारा किया। इंस्पैक्टर ने रोबोट की तरह पलट कर फ़ाईल को पढ़ना फ़िर शुरू कर दिया।

'ज़ैड' को एकाएक गुस्सा आ गया। उसने इंस्पैक्टर को रोका और अदालत से मुख़ातिब हो कर कहा :

"मुझे केस की तफ़सील न सुनाएँ। आप वह फ़ैसला सुनाएँ जो आप घर से लिख कर लाए हैं।"

"तुम्हें कोई सफ़ाई नहीं देनी ?" वर्दी वाले ने पूछा।

"तुम्हें कोई जिरह नहीं करनी ?" अचकन वाला बोला।

"नहीं—नहीं—नहीं..."

"तुम चाहे सुनो चाहे न सुनो, हमको कानून के तकाज़े ज़रूर पूरे करने हैं।"

यह कहते हुए वर्दी वाले ने इंस्पैक्टर को इशारा किया। उसे फिर चाबी लग गई। वह पन्नों पर पन्ने पढ़ कर उलटता जा रहा था। 'ज़ैड' अपना ध्यान दूसरी ओर करने के लिए अपनी नज़्में दोहरा रहा था :

बहुत सहा है पर अब और नहीं सहना

दुख, दर्द, जुल्म सहने की भी कोई तो हद होती है।

आपने हमें उल्टी छुरी से काटा

आपने हमारी जुबान काटी

आँखें निकाल लीं

कानों में पिघलता सिक्का डाला

आपने हमारे बाजू तोड़ कर हमें अन्धे कुएं में फेंका।

आपने हमारे साथ क्या क्या न किया पर हम चुप रहे

बातें हमारे होठों पर आ-आ कर वापिस पलट कर जाती रहीं। हम तब भी न बोले। आप समझे ये रेत के बुत हैं। आप हमें खत्म करने के लिए जो कुछ कर सकते थे किया पर हमें अब और नहीं सहना अब आपकी ज्यादतियाँ और नहीं सहनीं अब ईंट का जवाब पत्थर से देंगे। तैयार हो न ?

'ज़ैड' ने अपने दाएँ हाथ को यूँ ऊपर उठाया जैसे वह कोई चीज़ ज़ोर से फेंक रहा हो। उसका हाथ कुछ ऊपर जाकर रुक गया और हथकड़ी के छनकने की आवाज़ आई। उसी समय इंस्पैक्टर ने फ़ाईल बन्द की और कहा :

"सर, इस्तग़ासे का केस मुकम्मल सुना दिया गया है।"

"गुॅड, आधे घंटे बाद फ़ैसला सुना दिया जाएगा। मुलज़िम सफ़ाई से इन्कारी है जिसका मतलब है, इल्ज़ाम से इकरारी है," वर्दी वाले ने कहा।

"ज़ैड" को आधे घंटे के लिए अदालत से बाहर ले जाया गया।

आधे घंटे बाद 'ज़ैड' को फिर से भीतर लाया गया।

वर्दी वाले अफ़सर ने फैसला सुनाना शुरू किया :

"इस्तग़ासे ने अपना केस बिना शक-शुबह के साबित कर दिया है। मुलज़िम अपनी सफ़ाई नहीं पेश कर सका। उसके ख़िलाफ़ कत्ल की साजिश का इल्ज़ाम साबित हो गया है इसलिए उसे फांसी की सज़ा दी जाती है। उसे गर्दन से उतनी देर तक लटकाया जाए, जब तक वह मर नहीं जाता।"

‘ज़ैड’ ने वर्दी वाले की ओर देखा—वह भी मुस्करा रहा था। ‘ज़ैड’ ने अचकन वाले को देखा...वह भी मुस्करा रहा था। ‘ज़ैड’ के देखते-देखते, ‘ख़सूसी अदालत’ के दोनों मेंब्र बाहर निकल गए। अदालत से जेल तक आते हुए ‘ज़ैड’ ने पटोफ़ी की कुछ सतरें मन-ही-मन कहीं :

खुदाया ! मुझे वह पेड़ बना ! जिसमें से
आमने-सामने की रोशनी आर-पार होती है
या जिसे तूफ़ान चीरते और तोड़ते-मरोड़ते रहते हैं
या मुझे उन पहाड़ी चट्टानों सा बना
जो धमाकों से टूटती हुई ज़मीन को हिला देती हैं।

अगर ज़मीन से बन्धे हुए गुलाम अपनी ताकत एक-सी कर लें; गुलामी का तौक उतार दें तो मुकाबले में आ जाएँ; अपने हाथ में अपनी वफ़ादार तलवारें पकड़ लें; और खून-भरी आँखों से सुर्ख झण्डे पर लिख दें : ‘‘दुनिया भर की आज़ादी’’ तो फिर मैं खुशी से मरूँगा और मेरे होठों से इन्सानियत की गुलामी पर लानत भेजते हुए मेरे जवान दिल के खून का आख़िरी क़तरा गिरेगा...

‘ज़ैड’ को जेल के बरामदे में लाया गया। ‘ज़ैड’ ‘‘कोठी’’ में लग गया है, सारी जेल में दुहाई पड़ गई। उसे हथकड़ी सहित जेल के भीतर ले जाया गया और फिर वहाँ से ले जाकर सीधा फाँसी की कोठरी में बन्द कर दिया गया।

अब ‘ज़ैड’ मौत का क़ैदी था—‘कोठी’ लगाया गया बंदीवान।

बेवतना

मैं उन सभी लोगों में से एक हूँ जो अपने वतन में बेवतन हो जाते हैं। देखने सुनने में तो यह बात अज़ीव लगती है लेकिन यह बात सच्ची है। विदेश में बेवतनी तो समझ आती है लेकिन अपनी ज़मीन पर आदमी कैसे अजनबी हो जाता है, ये कई परतों में छिपी एक गुंजलदार लम्बी कहानी है। हो सकता है, कुछ लोगों की नज़र में यह दास्तान इतनी उलझी हुई न हो लेकिन मुझे देश में रहने वालों ने एक चौरस कील करार देकर अपने भीतर जज़्ब करने से इन्कार कर दिया। यहाँ एक यह बात ग़ौर करने वाली है कि कौन-से लोग ? लेकिन ज़मीन पर बसने वाले अच्छे हों या बुरे, सब देश में रहने वाले ही होते हैं।

यहाँ एक बात कह दूँ, कि 'मैं' से मुराद यह है कि इसमें आप और मैं दोनों शामिल हैं।

असल बात यह है कि मैं पैदा होने से पहले ही वतन से वंचित हो गया था। जन्म लेने के बाद कहने को तो मैंने आज़ाद फ़िज़ां में साँस लिया लेकिन जो हवा मेरे भीतर गई वो चार दीवारों के चौगिर्दे में कैद थी। मैं माँ के पेट में नौ महीने, नौ दिन गुज़ार कर जब बाहर आया तभी मुझे अपनी बेवतनी का एहसास हो गया। अभी माँ के बदन से जोड़ने वाली नाल काटी नहीं गई थी कि मुझे पता चल गया कि मैं एक कैदी माँ के पेट से जन्म ले रहा हूँ। मेरी माँ का जुर्म तो मुझे बाद में आहिस्ता- आहिस्ता पता चला, लेकिन इस अर्से के दरमियान मुझे देश में परदेसी होने का पता चल गया।

जन्म देने वाली कोख में वापस लौट जाना अगर मुमकिन होता तो मैं कभी का लौट गया होता, और अपने काटे हुए नाल को फिर से जोड़ चुका होता, लेकिन कुदरत ने मेरे लिए एक नक्शा-सा बना दिया था और उस नक्शे में बेज़मीनी का रंग सबसे गहरा था।

मेरी माँ को उस जुर्म की सज़ा दी गई थी जो उसने कभी किया नहीं था

और उसे उम्र भर के लिए जेल के ज़नानखाने में बन्द कर दिया गया था। जिस जुर्म की उसे सज़ा मिली थी वो देखने में बहुत मालूली थी। मेरी माँ ने अपनी असल औलाद का और औलाद के असल बाप का नतीजा निकाल लिया था और उसने कपूतों को दूध की बत्तीस धारें बख़्श देने से इन्कार कर दिया।

इस जुर्म के लिए उसे हवालात में बन्द कर दिया गया था और बाद में इन्साफ़ करने वालों ने उसे उम्रक़ैद की सज़ा सुना दी थी।

जिस दिन उसकी सज़ा खत्म होनी थी, उसी रात मैं पैदा हुआ। मेरे जन्म की पीड़ा को मेरी माँ सहन नहीं कर पाई और वो हमेशा के लिए बिछड़ गई (ये बिछड़ जाने का लफ़्ज़ मैं उदासीनता में लिख गया हूँ)।

मैं पैदा हुआ और वो मर गई (वो एक ज़िन्दा लाश थी, देखती, लेकिन बोल न पाती, कभी-कभी संकेत-सा करती) उसके बदन का नीचे का हिस्सा मुर्दा हो गया था लेकिन दिमाग़ में ज़िन्दगी की हरकत बाकी थी।

मैं किसका बेटा था यह बात मेरी माँ मुझे तब बता नहीं सकी। बिछड़ने के वक्त, नहीं, मौत के वक्त, उसके होंठ बुझती हुई मोमबत्ती की लपट की तरह काँप रहे थे। वो इसी रहस्य से पर्दा उठाना चाहती थी लेकिन उसे यह वक्त नहीं दिया गया। मेरी तकदीर का यही नक्शा था जो मैंने पहली बार देखा।

लेकिन मैं सोचता हूँ कि यह क्यों जरूरी होता है कि पैदा होने वाले को अपने बाप की पहचान हो। जिस किसी का नुत्फा तुम्हारी माँ के बदन में गिरा, वही बाप है। इसलिए मैं इस बहस में नहीं पड़ता कि मेरा बाप कौन था। लेकिन आखीर में यह रहस्य सामने आया—कि मैं बेबाप बेज़मीन और बेवतन चौरस कील हूँ।

मेरा सारा बचपन लोगों के घरों में बर्तन मलते हुए, फर्श साफ़ करते हुए, जूते पालिश करते हुए और नालियाँ साफ़ करते हुए गुज़रा। किसी का बचा-खुचा मुझे खाने को मिलता। घर के बच्चे हँसते तो मैं भी हँस देता, पर वो रोते तब भी मुझे हँसना होता था कि मैं उन रोते हुओं को हँसा सकूँ। मैं स्कूल इसलिए नहीं गया कि मैं स्कूल जा नहीं सकता था। मेरे लिए यही नाम था कि मैं बेबाप हूँ और मेरी माँ जेल में उम्र कैद काटते हुए उस दिन मर गई थी जिस रात मैं पैदा हुआ था।

उस रात जेल के बाहर ब्लैक आउट था। जेल के अन्दर भी ब्लैक आउट था लेकिन जिस चक्की के फर्श पर मैं लेटा हुआ था वहाँ एक दिया जल रहा था। दीए की रोशनी दीवारों को कुछ रोशनी दे रही थी। बाहर हर तरफ़ अँधेरा होने के कारण उस दिए की रोशनी नज़र में पड़ जाती थी। मैं सोचता, सभी बैरकों में, चक्कियों

में, चक्कियों में और फाँसी की कोठरियों में अँधेरा बिछा हुआ है, फिर मेरे पास यह जलता हुआ दिया क्यों रखा है ? जरूर इसमें कोई रहस्य होगा। यह मुझे बहुत देर के बाद पता चला कि वो दिया इसलिए जलता रहने दिया गया था कि मेरी माँ की कोख में नुत्फ़ा डालने वाले, खुद अँधेरे में बैठकर मुझे देख सकें, अपनी औलाद को। लेकिन मेरी आँखें रोशनी में रखी गई थीं कि मैं अपने पिताओं की पहचान न कर पाऊँ। ये जेल के भीतर और जेल के बाहर जो अँधेरा किया गया था—मुझे बेबाप रखने के लिए। उनकी ये चाल कामयाब हुई। उस अँधेरे की पहली चोट से मुझे अन्धराता हो गया। मैं अभी तक अँधेरे का ब्यौरा नहीं दे सकता। रात को जब सारे शहर में बिल्कुल अँधेरा होता है, मैं रोशनी के दायरे में पड़ा सब को दिखाई दे रहा होता हूँ। वे सभी लोग पहचानने के लिए मुझे घूर रहे होते हैं, लेकिन मुझे कुछ दिखाई नहीं देता। यह सब उसी साजिश का हिस्सा है जिसमें मुझे बेबाप, बेज़मीन और बेवतन ज़िन्दा रखना सोच लिया गया था। मेरी माँ किसी कोने से सब कुछ देखती-सुनती लेकिन बोल नहीं पाती थी। हाँ, कभी-कभी कोई इशारा-सा कर देती। सब बाप आज जश्न मना रहे हैं। जिस कैदी औरत को उन्होंने हामला किया था वो अब क़ब्र में पड़ी है। अब किसी एक को मरी हुई औरत के गर्भ का ज़िम्मेदार नहीं ठहराया जा सकता। सभी अपनी-अपनी जगह एक यकीन लिए बैठे हैं कि पैदा होने वाला उनका बेटा है, लेकिन बेटे का बाप कहलाना कोई नहीं चाहता। इसलिए सब अँधेरे में खड़े ज़मीन पर पड़े बेटे को देख रहे थे, जो दिए की रोशनी के दायरे में बेख़बर, बेसुध पड़ा था।

मेरी माँ को खदेड़ने वालों की तारीख़ हजारों सालों में फैली हुई है। कोई समुन्दर के रास्ते किश्ती पर आया, कोई घोड़े पर बैठ कर तलवार लहराता हुआ आया, कोई पिस्तौल लेकर आया, किसी ने दरिया पार किया, कोई थलों के रास्ते आया, कोई पहाड़ों के दर्रों से गुज़रकर आया, किसी ने शंख बजाया, किसी ने बिगुल बजाया, कोई चुनरियाँ लूटने आया, कोई सोना कब्ज़े में करने के लिए आया, किसी ने हीरे-जवाहरात पर कब्ज़ा किया, किसी ने तख्त छीन लिए, किसी ने गर्दनें काट दीं, किसी ने फाँसी लगवाई, किसी ने काले पानी भेज दिया। किसी ने चाबुक चलाए, किसी ने बन्दूकों से भेद दिया, लेकिन सबका मकसद एक ही था, वे सब मेरी माँ को खदेड़ने आए थे।

यहाँ एक सवाल पैदा होता है, कि मेरी माँ को बचाने के लिए उसके अपनों ने उन सबका मुकाबला क्यों नहीं किया ? लेकिन आप ही बताइए, जो निहत्थे थे, नंगे पैर थे वो बड़े-बड़े बूटों वालों का और गोलाबारूद वालों का क्या मुकाबला कर सकते थे। जितना भर हो सकता था उन्होंने किया लेकिन बाढ़ आ जाए तो तिनके क्या कर सकते हैं, माँ की चूड़ियाँ टूटने का मंज़र, उसके बालों को खींचने का मंज़र,

चीख़ें, मिन्नतें, चिल्लाहटें, बैंड, आँसू, और उसके बदन के नील और बहता हुआ खून, मैं सब देख सुन रहा था। अभी मैं बेचेहरा, बेअसला, और बेशिनाख़्ता था और मुझे चेहरे की, असले की, और बेशिनाख्त होने की जरूरत थी। मुझे अभी बहुत दूर जाना था, अभी दर्द के फ़ासले तय करने थे अभी देखना था कि जो अपने थे उन्होंने भी मेरी माँ से वही सुलूक किया था जो समुन्दर, दरिया पार करने वालों ने किया, जो पहाड़ों-दर्रों से उतरने वालों ने किया। अभी आँगन में लगे बेरी के बेरों को कड़वा ज़हर होना था। अभी अपने हाथों लगाए पेड़ों को छाया देने से इन्कार करना था। अभी दरियाओं को सूखना था, अभी धूप को मरना था, अभी आग और हवा को बेरहम होना था, अभी पहाड़ों ो फटना था, अभी जलते हुए लावे को हँसती हुई बस्तियों को बेनिशान करना था। ये सब कुछ तब हुआ जब मैं पैदा हुआ, और जिस रात मैं पैदा हुआ उससे दूसरे दिन मेरी माँ ज़िन्दा लाश बन चुकी थी। वो उम्र कैद की सज़ा काट रही थी और उसका कसूर था कि उसने झूठ के उलझे हुए धागों से असलियत का धागा खोज लिया था और कपूतों को दूध की बत्तीस धारें बख्शने से इन्कार कर दिया था। उसके आदर्शों से मुझे जो प्रेरणा मिली उससे मैं भी हय्याती भर अपनी ज़मीन पर बेज़मीन और अपने वतन में बेवतन रहा—बेबाप।

दहशत की छाया में

हमारे हर समाज और हर सियासत की सही हालत को अगर दो वाक्यों में कहना हो तो एक वाक्य तेलुगु माँ से लेना हांगा, जो अपनी बेटी के विवाह के समय कहती है, ''अब तुझे साँप के फन की छाया में जीना है,'' और दूसरा वाक्य हवीब जालिब से लेना होगा, ''हमारे रोमानी तजुर्बात दहशत की छाया में होते हैं।''

हबीब जालिब का नाम मैंने बहती हवाओं से कई बार सुना था, पर भला हो अहमद सलीम का, जिसने हबीब जालिब को क़रीब से देखने का मौक़ा दिया है...

अहमद सलीम की क़लम से–

हबीब जालिब

देव समाज रोड से निकल कर संत नगर की एक पुरानी बिल्डिंग की पहली मंज़िल पर दाएँ हाथ, जालिब साहब और उनका परिवार कई बरसों से रह रहा है। 1984 में भी उनका यहाँ बसेरा था। इस छोटे से घर में कई बड़ी-बड़ी हस्तियाँ उसकी अज़मत को सलाम करने खुद चल कर आई हैं, परंतु घर किसी तरह की भी खुशहाली का नक्शा पेश नहीं करता। यहाँ कोई ड्राइंगरूम नहीं, बहुत मुश्किल से दो कमरों के इस हिस्से में ज़िंदगी बेतरतीब और बदइंतज़ाम है, जो अपने अंदर एक इंतज़ाम भी है और सलीका भी। इस घर में शऊर और इत्मीनान साथ-साथ रहते हैं।

उस सुबह मैंने दरवाज़ा खटखटाया, जालिब साहब ने शायद बिस्तर से ही आवाज़ दी, ''सीधे मेरे पास आ जा भई।'' सुबह के साढ़े नौ बजे वे सचमुच बिस्तर में ही थे। इधर बावर्चीख़ाना था, जहाँ चूल्हा जल रहा था। इर्द-गिर्द बर्तन पड़े हुए थे और थोड़ी दूरी पर जालिब की चारपाई बिछी थी। हमें यहीं बातचीत करनी थी। दूसरे अकेले कमरे में उसकी बीवी और बच्चे थे। मैं उसकी चारपाई पर थोड़ा-सा टिक गया और धुएँ से भरी हुई छत के नीचे हम बातें करने लगे।

''आपने 'बर्गे आवारा' से सफ़र शुरू किया था फिर उसकी शक्लो-सूरत बदल गई।''

''मैं शुरू से ही एक तसुलसल से चल रहा हूँ। मैंने अपने-आप को कहीं भी बदला नहीं। 'बर्गे आवारा' में भी पाकिस्तान की हालत की तस्वीरें हैं। बस, इतनी बात है कि ग़ज़ल के अंदाज़ में हैं पर बातें तो वही हैं। जैसे पहली ग़ज़ल थी–

दिल की बात लबों तक लाकर अब तक हम दुख सहते हैं
हमने सुन्ना था इस बस्ती में दिल वाले भी रहते हैं।

सो दिल की बात जिक्र तब भी था, अब भी है। मैंने उसे नहीं बदला बल्कि फैला दिया है, डाइरैक्ट कर दिया है...''

आपकी पहली किताब 'बर्गे आवारा' एक नए वतन की तख़लीक़ थी। इसमें एक टूटे हुए भटकते हुए पत्ते का अहसास क्यों शामिल हो गया ?''

जालिब ने कुछ पलों के लिए मुझे देखा फिर बच्चे को बुला कर चाय बनाने के लिए कहने के बाद बोला, ''जैसे कि नाम से ही पता चलता है, 'बर्गे आवारा' शाख़ से टूटा हुआ पत्ता, जो हवाओं के रहम-करम पर हो। बात यह है कि पाकिस्तान की तहरीक़ में अमली तौर पर हमारा कोई हिस्सा नहीं था, पर इससे रिश्ता तो था ही। हिंदुस्तान में हम सोचा करते थे कि पाकिस्तान जन्नत का नमूना और आज़ादी का जहान होगा। 'बर्गे आवारा' में यही अहसास छाया हुआ है। जब सपना टुकड़े-टुकड़े हो जाए और उसमें वतन के टूटने का दुख भी शामिल हो गया। यहाँ जो तजुर्बे हुए और लगातार हकूक छीने गए, इतने तजुर्बे थे, जिन्होंने अपने दोस्त-यार और शहर को छोड़ कर आने के दुख को दुगुना कर दिया। फिर मैं सियासी पार्टियों में शामिल हो गया। कुछ मज़दूरों के साथ भी जुड़ गया। सिंध की बारी कमेटी में भी काम किया। फिर क़ैद पर अपनी जुबान को मैंने और सादा कर लिया। अपनी शायरी को गीत की शक्ल दी, एक नया तर्ज़ेअहसास दिया, तो गली-गली में गीत गूंजने लगे--

दीप जिसका महल्लात ही में जले
ऐसे दस्तूर की, सुबहे बेनूर को
मैं नहीं जानता, मैं नहीं मानता।''

जालिब जैसे अपने-आप से बातें कर रहा हो जैसे वहाँ सुनने वाला कोई और न हो। मेरे अलावा हमारा शायर हफ़ीज़ अहमद भी वहीं था। हम जालिब का ध्यान नहीं तोड़ना चाहते थे पर मैंने बोल दिया--

''मेरा ख़्याल है, यह मोची दरवाज़े की शायरी से अलग लहजा था।'

''तुम बिल्कुल ठीक कहते हो। मेरी शायरी बहुत सादा-सादा-सी शायरी थी। मोची गेट की शायरी में तो क़ौम की किश्ती को डुबोने और पार उतारने की बातें होती थीं। इस्लाम की किश्ती का भी ज़िक्र होता था। एक ही अंदाज़ की बनावटी बातें होती थीं। बाकी लीडर लोग तकरीरें करते थे, पर यह शायरी उन तकरीरों से मेल नहीं खाती थी।''

''उस समय जब आप आईन (विधान) पर नज़्म लिख कर ले गए...''

''मेरी नज़्म तकरीर करने वालों से आगे निकल गई। ज़ाहिर है, जो आईन पर बोलेगा, वह मेरी दस्तूर वाली नज़्म से ज़्यादा असर नहीं पा सकेगा। जमहूरियत पर कोई बात करेगा तो मेरी नज़्म से बढ़ कर पुरअसर नहीं होगा। इसने हुक्मरानों को बौखला दिया।''

''और सियासतदानों को भी,'' मैंने कहा।

''हाँ, उनको भी, क्योंकि मेरी शायरी के मुकाबले पर उनकी पोज़ीशन दूसरी हो गई। तुम्हें एक वाक़या सुनाऊं। काले बाग का ज़माना था। सोहरावर्दी के जलसे को इधर-उधर करने का हुकूमत का प्रोग्राम था। स्टेज किश्ती की तरह डोल रहा था। सोहरावर्दी को बोलने नहीं दिया जा रहा था। यह हालत देख कर मैंने माईक संभाल लिया। कहा, ''जो लोग शोर मचवा रहे हैं, हूटिंग कर रहे हैं, ये लाहौर के नहीं, काले बाग से आए हैं। लाहौर के लोग तो बड़ी तहज़ीब वाले, जम्हूरियत-पसंद हैं। सो मैं उनको एक नज़्म सुनाऊंगा, 'दस्तूर'। देखता हूँ, लोग सुनते हैं या नहीं ?''

''इसके बाद नज़्म सुनानी शुरू कर दी, सन्नाटा छा गया। जालिब की नज़्म के बाद लोगों ने सोहरावर्दी को भी सुना और जलसा कामयाब हो गया। फिर तो यह हो गया कि कोई जलसा, जालिब के बिना हो ही नहीं सकता था। यह इसलिए हुआ कि मोची गेट की शायरी सियासी शऊर से ख़ाली हुआ करती थी। जालिब ने अपनी शायरी में बातचीत का अंदाज सियासी शऊर के साथ किया।''

'' 'बर्गे आवारा' के बाद जालिब का दूसरा संग्रह 'सरे मक़तल' के नाम से छपा। पहले ही महीने में इसके चार एडीशन बिक गए। और इसके बाद किताब ज़ब्त हो गई। 'टूटे हुए पत्ते' के तर्ज़ेएहसास से मैं नहीं मानता कि बात कहने का ढंग एक अनोखा सफ़र था। इसने हाकिमों को कंपा कर रख दिया। गिरी हुई मख़लूक उठ कर अपने कातिल को ललकार रही थी। ज़ात का दुख कायनात का दुख बन चुका था। मेरी बात सुन कर जालिब दोबारा कहते हैं कि उनकी शायरी में कोई शऊरी तबदीली नहीं है, यह ललकार 'बर्गे आवारा' में भी थी। उसके शुरू में ही मैंने लिखा था :

ऐसी ग़ज़ल कहीं न कहेंगे तमाम उम्र
इनाम ओ दाद जिस पे मिले शहरयार से
कुछ और हो गया वह शायर नहीं रहा
वाबस्ता हो गया है किसी ताजदार से।

साथ बैठे हफ़ीज़ अहमद भी मेरे साथ सहमत हैं और कहते हैं, ''पर जालिब साहब,

तबदीली तो साफ़ नज़र आती है।"

"हाँ, जिस तबदीली की आप बात करते हैं, उस हद तक तो ज़रूर आई है, कि मैं सिर्फ आवाम का शायर होकर रह गया। 'बर्गे आवारा' की शायरी पर हुक्मरान तबक़े के लोग भी वाह-वाह करते और लुत्फ़ लेते थे। पर मैं तो उनके सिरों पर हथौड़ा मारना चाहता था। वह मेरी ग़ज़ल को फ़रीदा ख़ानम से सुन कर, किसी ग़ुलाम अली से सुन कर या किसी मेंहदी हसन से सुन कर वाह-वाह करते थे ! मैं फ़रीदा ख़ानमाओं, ग़ुलाम अलियों और मेंहदी हसनों में से निकलना चाहता था। उनकी गायकी का अंदाज़ दरबारी था और वह मेरी शायरी को भी दरबारी बना देते थे। इसलिए मैंने सोचा कि ऐसे शे'र लिखूं जिनको वे गा ही न सकें। सो मैं हिंदुस्तान-पाकिस्तान में सबसे अलग शायर हूँ क्योंकि मेरा संबंध हुक्मरान तबके के साथ नहीं है। मुझे अकेला छोड़ दो, यह वह लोग हैं जिन्हें बाहर आने-जाने की इजाज़त है। चले जाते हैं, आ जाते हैं। इसीलिए यह लोग मेरे साथ नाराज़ रहते हैं कि मैं सच्चाई के सवाल करता हूँ। मैं उन लोगों की शायराना अज़मत से मुनकिर नहीं, पर उनके रोल ग़लत हैं।"

बोलते-बोलते जालिब की आवाज़ ऊंची हो गई और उसका लहजा तल्ख़ हो गया, "यह लोग शायरी की सारी खूबसूरतियों का ध्यान रखते हैं। पर उनकी बदसूरती यह है कि हुक्मरान तबके से यूँ मिलते हैं जैसे वे उनके दोस्त हों। वह इस तबके को खुश रखते हैं, उसे कायम रखने की कोशिश करते हैं। उनकी तफ़रीह का सामान करते हैं। मैं उनके लिए तफ़रीह का सामान नहीं बनना चाहता।" जालिब की आवाज़ और ऊँची हो गई। लगभग चीख़ते हुए बोला, "मैं उनके दिमाग़ों पर हथौड़ा मारना चाहता हूँ।" मैंने ज़रा संभलते हुए पूछा, "आपका इशारा किनकी ओर है ?"

उसी तरह गरजते हुए जालिब ने कहा, "इनमें कोई फ़ैज़ आ जाए, कोई काज़मी आ जाए, कोई ज़हीर कश्मीरी आ जाए। इन सबका रोल ग़लत है। ये उस तबके को तस्कीन देते हैं। मजलिसों में जाते हैं। वहाँ रोशनी करते हैं, मैं वहाँ अंधेरा कर देना चाहता हूँ। मैं इनसे सूरज छीन लेना चाहता हूँ, मैं इनसे मेंहदी हसन छीन लेना चाहता हूँ। मैं चाहता हूँ कि इनकी महफ़िलों में उल्लू बोलें।"

फिर आवाज़ नर्म करते हुए जालिब बोला, "मैं फ़ैज़ साहब की शायराना अज़मत को सलाम करता हूँ पर मुझे इनके दबिस्तान (हलके) के लोगों से शिकायत है, जो सिर्फ फ़ैज़ साहब के नाम से अपनी शोहरत चमकाते हैं।"

जालिब का मसला यह है कि उसे पाँच-पाँच दस-दस लाख के मजमे में सुना गया है। उसे सुने जाने की कोई प्यास नहीं। इसके लिए तकलीफ़ वाली बात यह है कि बीमार वह भी है, बाहर जाने की उसकी भी ख्वाहिश है पर दूसरे लोग तो

आसानी से चले जाते हैं, कभी हुकूमत की रज़ामंदी से, कभी जलावतन बन कर पर जालिब को इजाज़त नहीं।

जलावतन अदीबों का ज़िक्र आया तो बोला, ''जो बाहर जाकर रोता है, बेशक रोता रहे, उसका असर क्या होगा ! वहाँ दस आदमी सुन लेंगे। रोना तो यहाँ है, लड़ाई तो यहाँ करनी है। मैं किसी से डर कर चला जाऊँ, यह बुज़दिली है। मैं अपने साथ जाना चाहता हूँ। मैं एक ज़िम्मेवार आदमी हूँ, मैं इस मुल्क के लिए जम्हूरियत की बात करता हूँ, आठ करोड़ लोगों के हक़ों की बात करता हूँ। यह कोई जुर्म नहीं। मैं किसी इंतज़ामिए का तनख़्वाहदार नहीं। अगर एक सरकारी मुलाज़िम देश प्रेम की बात करता है तो वतन से मुहब्बत करने की तनख़ाह लेता है। मैंने इस मुल्क के सियासी, आर्थिक और सामाजिक हकों के लिए पैंतीस साल जद्दोजहद की है, जंग लड़ी है, क़ैदें काटी हैं, मेरे दामन पर, मेरे मस्तक पर कोई दाग़-धब्बा नहीं कि मैं शर्मिन्दा हो कर चला जाऊँ। अब फ़हमीदा रियाज़ हिंदुस्तान चली गई है। वह किसी महफिल, किसी पार्टी, किसी मुशायरे में नहीं जा सकती। वह वहाँ जा कर बैठ गई है और तनख़्वाह ले रही है। क्या फायदा हुआ ? मैंने सुना है कि वह आज़ादी के साथ किसी महफिल, किसी जगह नहीं जा सकती। यूँ जाने का क्या फायदा ? ठीक है, मैं बीमार हूँ, मैं इलाज के लिए जाना चाहता हूँ पर मैं वापस भी आना चाहता हूँ, और जो बकवास मैं यहाँ करता हूँ, वह वहाँ भी करना चाहता हूँ। मेरे गले में तो हार पड़ने चाहिए कि मैंने पैसे के लिए मुल्क को नहीं बेचा।''

''हार तो लोग आपके डालते ही हैं, जालिब साहब,'' मैं और हफ़ीज़ अहमद एक साथ बोल उठे। पर जालिब जैसे वजूद से बेख़बर अपने-आप से बातें करे जा रहे हैं। उनका लहजा दुखी पर पुरवक्कार है, ''जब मुल्क की सलामियत ख़तरे में पड़ी, हम चुप नहीं रहे। 1971 में इस तरह के शे'र लिखे—

मोहब्बत गोलियों से बो रहे हैं
वतन का चेहरा ख़ूँ से धो रहे हैं
गुमां तुमको कि रस्ता कट रहा है
यक़ीं मुझको कि मंज़िल खो रहे हैं...

अफ़सोस कि 1971 में वतन टूट गया। हम कोई पीर-फ़क़ीर तो नहीं, यह सामने की बात थी, हम सियासी लोग थे। यह हमारा सियासी तजुर्बा था, कोई फ़क़ीर की करामात नहीं थी।

''1971 के दुखान्त पर बहुत कुछ कहा गया है...''

"हाँ, बस्ती के उजड़ जाने के बाद ही लिखा गया। जब मुल्क ही टूट गया और सारे शायरों और अदीबों ने मर्ज़ी के गाने शुरू कर दिए...

कज फहम ओ कज निगार अदीबों को देखिए
बस्ती उजाड़ चुकेगी तो लिखेंगे मर्सिए।"

लगता है कि जालिब को अपने रोल का पक्का अहसास है, वह ईमानदारी से समझता है कि पाकिस्तान के अदीबों और दानिश्वरों ने अवाम से ग़द्दारी की है। सिर्फ़ वह अकेला ही इन मामलों में सुर्ख़रू हुआ है। मैंने जालिब से पूछा तो भुट्टो के बारे में उन्होंने कहा :

"भुट्टो हमें मारता था, हम उसके ख़िलाफ़ लिखते थे। अब वह इस दुनिया में नहीं रहा। हम उसकी बेटी बेनज़ीर की पहले भी इज़्ज़त करते थे, अब भी करते हैं। अगर भुट्टो और उसके दूसरे बच्चे मेरे साथ बैठ कर हिसाब-किताब करें, तो मेरा ही उनकी ओर कुछ निकलेगा।"

"भुट्टो साहब से आपकी हमेशा लड़ाई रही," मैंने छेड़ा।

जालिब ने बताया, "अयूब ने जब उन्हें निकाला तो उन्होंने मुझे फ्लैटीज़ में बुलाया। मैंने कहा, मैं वज़ीरों के पास नहीं जाता, आप काफ़ी हाउस आ जाओ। वे मुझे मिलने वहाँ आए, कहने लगे, "तुम वह नज़्म सुना दो जो तुमने मेरे लिए लिखी थी।" मैंने कहा, वह नज़्म तो ख़त्म हो गई क्योंकि आप चले गए। तो जालिब ने लिखा था :

"आवाज़ दे रहा है वतन, छोड़ कर न जाना।"

"अब इस नज़्म का मतलब ही ख़त्म हो गया है। अब आपको यह नज़्म सुनाना तो खुशामद होगी।"

"पर आप औरतों के जलूस में गए थे ?"

"हाँ, वे मुझे ले गईं नज़्म सुनने के लिए। मैंने नज़्म सुनाई—

अब दहर में बेयारो मददगार नहीं हम
पहले की तरह बेबसो लाचार नहीं हम।
आता है हमें अपने मुकद्दर को बनाना
तकदीर पे शाकर से दीवार नहीं हम।।

मैं नज़्म सुनाता रहा और वे एक-एक मिसरा मर साथ पढ़ती रहीं। बस फिर तो कुछ होना ही था।

''सड़क पर खड़े होकर बातें करना और बात है, दरबार में खड़े होकर बात करना और बात। यहाँ के शायर समझते हैं कि हमने जालिब को मान देकर एक ओर करके रख दिया है, बाकी सब काम हम खुद कर लेंगे। सरकारी मुशायरों में जाना, कभी इधर, कभी उधर। भई, यही तो काफ़ी नहीं कि मुझे मान लिया...

''पर साल-दो-साल के बाद मैं निकल आता हूँ तो इन्हें बहुत तकलीफ़ होती है कि यह तो अभी ज़िन्दा है...

बड़े बने थे जालिब साहब, पिटे सड़क के बीच
गाली खाई, लाठी खाई, गिरे सड़क के बीच
कभी गरेबां चाक हुआ, और कभी हुआ दिल ख़ून
हमीं को यूँ ही मिले सुखन के सिले सड़क के बीच
जिस्म पे जो ज़ख़्मों के निशां हैं, अपने तमग़े हैं
मिली है ऐसी दाद वफ़ा की, कैसे सड़क के बीच

और यह ऐसी वफ़ा थी जिसमें महबूब ग़ायब हो गया क्योंकि महबूब के बीच एक चेक बुक भी थी।

हम यहाँ पर कहाँ पे शादी है,
मसला सारा इक्तसादी है।

मैं कहता हूँ 'तेरी गली के लोग' तो मैं दरअसल 'इस्टैबलिशमेंट' को बुरा कहता हूँ। और वे, 'तेरे कूचे हर बहाने, हमें दिन से रात करना'। वह तो कर ली, अब खड़ा भी नहीं होने देते। उनका तो ख़्याल है, यूँ ही फ़िज़ूल घूमता रहता है गलियों में। इसे पानी पिला दो, चाय पिला दो। हमारे रोमानी तजुर्बात दहशत की छाया में होते हैं। जेलों में मुलाकात होती है तो जेल का सारा अमला साथ बैठता है। इसलिए बहुत एहतियात बरतनी पड़ती है।''

इलियास घुम्मण

सदियाँ साक्षी हैं कि अक्सर वक़्त की आँखों में आँसू भरे रहते हैं। और कभी-कभा यह भी होता है कि वह किसी शायर या अदीब को अपने पास बिठा कर, क़ानून से छिपाए हुए अपने ज़ख़्म दिखा देता है...

कह सकती हूँ कि इलियास घुम्मण उन थोड़े से लोगों में से हैं, जिन्होंने दर्द की आत्मा को पहचान लिया है। लेकिन उसकी बात ओठों पर ले आना ख़तरे से ख़ाली नहीं होता। लेकिन ये ख़तरे इलियास के इर्द-गिर्द बने रहते हैं, और वह अपनी कलम का सहारा लेकर उनमें से गुज़रते रहते हैं...

इलियास कहानी को अब इस मुक़ाम पर ले आए हैं कि समाज और मज़हब के ख़तरनाक मसले बड़ी आसानी से उनकी कहानी में उतर जाते हैं—यहाँ उनकी एक नई कहानी दे रही हूँ...

आइडियल टाउन

आइडियल टाउन के ग्राउन्ड में कुछ लड़के क्रिकेट खेल रहे थे। एक बार ज़ोर की हिट लगी तो दो लड़के गेंद के पीछे भागे। मैदान के किनारे लगी सब्ज़ बाढ़ में जा घुसी गेंद को ढूँढ कर जब लड़के पलटे तो एक तीखी आवाज़ ने उनका ध्यान खींच लिया। काली दाढ़ीवाला वह व्यक्ति एक बड़े पौधे के नीचे चादर बिछा कर बैठा हुआ था। लड़कों को पास बिठा कर वह बोला "बेटा ! जब कोई नमाज़ पढ़ रहा हो तो उसके आगे से नहीं निकला करते..."

अपने दोनों साथियों को किसी अजनबी व्यक्ति के साथ बातें करते देख कर दूसरे लड़के भी भागते हुए वहीं आ गए। चारों ओर हुआ मजमा देख कर दाढ़ीवाला अपनी बात को आगे बढ़ाता ही चला गया। उसकी ओर से लंबी छेड़ी गई कथा का निचोड़ यही था कि खेलने-कूदने पर समय बेकार करने की जगह लड़कों को अपनी दीनी ज़िम्मेवारी समझने और उसे अदा करने का काम करना चाहिए। शायद इन बातों का ही असर था कि बाद में लड़के ज़्यादा देर नहीं खेले, उन्होंने गेंद और विकेटें पकड़ीं और अपने-अपने घर चले गए।

सात बरस के आबिद ने घर जा कर जब यह क़िस्सा सुनाया तो उसके अब्बू बहुत खुश हुए। शेख़ जब्बार बड़े मज़हबी विचारों वाले इंसान थे। खुद भी बहुत याद से पाँचों वक्त नमाज़ पढ़ते थे और अपनी टोकरा भरी औलाद को भी सख़्ती से नमाज़ पढ़ाने का यत्न करते थे। बड़े बेटे-बेटियाँ तो उनके सामने बहुत, पाबंदी से नमाज़ पढ़ते थे पर आबिद सबसे छोटा और लाडला होने के कारण कम ही उनके काबू में आता था। शेख़ जब्बार कई बार आबिद की नाफ़र्मानियों पर खीझ कर कहते, "बदबख़्त ! अपने नाम की ही शर्म कर, बहुत...ज्यादा इबादत करने वाले को अरबी में 'आबिद' कहते हैं। क्या तुम्हें पता है इस बात का ?" पर उनकी फटकार को कानों में ही देकर वह अपने बचकाना शुगलों में लगा रहता।

रोज़ की तरह शाम की सैर के लिए शेख़ जब्बार घर से निकले तो ग्राउंड के पास से निकलते हुए उनकी नज़र वहाँ बैठे काली दाढ़ीवाले व्यक्ति पर पड़ गई।

इलियास घुम्मण

क्या इसी कम उम्र के मौलवी ने शाम के समय यहाँ क्रिकेट खेलते लड़कों को मना किया था। इसका अता-पता लेने के लिए शेख़ जब्बार उसके पास चले गए। सलाम-दुआ के बाद जब इस बात का यकीन हुआ तो यह नेक काम करने पर शेख़ ने उसे अच्छा सराहा। बातचीत के दौरान उस व्यक्ति ने अपना नाम मौलम मुश्ताक बताया। अभी विचार-विमर्श हो ही रहा था कि आईडियल टाऊन की मस्जिद की ओर से शाम की बांग की आवाज़ें उनके कानों में पड़ने लग गईं। ग्राउंड में ही इकट्ठे नमाज़ पढ़ने और दुआ माँगने के बाद दोनों व्यक्ति फिर बातें करने लग गए। ग्राउंड में ही टिके रहने का सबब जानने की जो बात नमाज़ पढ़ते हुए भी शेख़ जब्बार के दिमाग में घूम रही थी, वह आख़िर उन्होंने मौलवी मुश्ताक से पूछ ही ली।

इसका ब्यौरा देने से पहले ही मौलवी मुश्ताक के चेहरे पर दुख के ऐसे गहरे बल पड़ गए जो ग्राउंड के किनारे अभी-अभी जगी बत्तियों की मद्धम रोशनी में भी शेख़ जब्बार को दिख गए। मौलवी मुश्ताक ने अपने जन्म-स्थान के बारे में भी बताया और उस दीनी मदरसे के बारे में भी जानकारी दी जहाँ से वह अपने एक चचेरे भाई सहित पढ़ा था। उसके चचेरे भाई ने तो अपनी पढ़ाई पूरी करने के लिए छोटे-बड़े शहरों में रहते रहने के बाद इस महानगर में अपने पैर जमा लिए थे पर मौलवी मुश्ताक रोज़ की रोटी पर ही उसी मदरसे के साथ जुड़ा रहा था। चचेरे भाई के रहने की जगह पता करके कल ही इस शहंर में पहुँचा था पर उसे यह जान कर बहुत दुख हुआ कि उसके चचेरे भाई ने एक मस्जिद संभालने के लिए अपना असली अक़ीदा ही बदल लिया था।

"मैंने तो जी, उसके पीछे नमाज़ पढ़ने से ही साफ़ इंकार कर दिया था।" यह कहते हुए मौलवी मुश्ताक का चेहरा गुस्से से लाल हो गया था। पर जब उसने यह बताया कि चचेरे भाई ने यह जानते हुए भी कि मेरे पास वापसी का किराया नहीं है, आज फ़जिर ही अपने मस्जिद से मुझे निकाल दिया था, तब उसकी काँपती हुई आवाज़ सुन कर शेख़ जब्बार को गहरा दुख हुआ। वह मौलवी मुश्ताक को अपने घर ले गए। उसे रात का खाना खिलाया और खुद भी खाया। इतने में इसाअ (रात) की नमाज़ का समय हो गया और फिर आबिद को छोड़ उन्होंने अपने दूसरे बेटों सहित मौलवी मुश्ताक की इमामत में ही घर में नमाज़ पढ़ी। रात उसी घर में गुज़ारने के लिए भी मौलवी मुश्ताक को कहा गया पर उसने यह बात नहीं मानी। उस समय रात को मौसम सुहावना हो जाता था और मौलवी मुश्ताक मैदान में ही सोना चाहता था। शेख़ जब्बार घर के दरवाज़े तक उसे विदा करने के लिए आए और कुछ जरूरत की चीज़ें मौलवी मुश्ताक के हाथों में पकड़ाते हुए बोले "बाखुदा ! एक अर्से के बाद नमाज़ पढ़ने का सही लुत्फ़ आया है। इत्तफ़ाक़ से मेरा ताल्लुक़ भी उसी अक़ीदे से ही है, जिसे आप मानते हैं।"

अगले दिन शाम के समय लड़के क्रिकेट खेलने के लिए मैदान में आए तो उन्होंने देखा कि मौलवी तो वहाँ नहीं थे पर इधर-उधर से इकट्ठी करके रखी हुई आधी-पौनी ईंटों का एक चौगिर्दा उनकी नमाज़ पढ़ने वाली जगह की ख़बर ज़रूर दे रहा था। लड़के कुछ परेशान हो गए। उस पाक पवित्र जगह से जितना भी दूर हो सकते थे, वहाँ जाकर विकेटें लगाईं और क्रिकेट खेलने लग गए। थोड़ी देर बाद ही दातुन करते हुए मौलवी मुश्ताक भी कहीं से आ गए। उनसे नज़र बचाए रखने की लड़कों ने पूरी कोशिश की, ख़ासकर पहले ही मैदान के किनारे खड़ा हुआ आबिद तो एक ओर अलग-सा ही हो गया था। आबिद को डर था कि कहीं नेक नसीहतें देने के साथ-साथ मौलवी साहब कोई चीज़ मंगवाने के लिए उसे घर भेज कर खेल का समय ही न बर्बाद कर दें। मौलवी मुश्ताक का खाना शेख़ जब्बार के घर से निश्चित हो गया था। दोपहर का खाना स्कूल से लौटे ज़ाहिद के भाइयों के हाथों ही मैदान में पहुँचा था।

अंदरूनी शहर में शेख़ जब्बार की काफी जायदाद थी। अपने किराएदारों की ओर चक्कर लगा कर वे पिछले पहर आइडियल टाउन लौटे तो अॅसर (तीसरे पहर) की नमाज़ पढ़ने के लिए सीधे ग्राउंड की ओर ही चले गए। लड़के उनके आने से पहले ही जगह ख़ाली कर गए थे। गर्मी ज्यादा होने के कारण सैर करने के लिए अभी कम लोग ही बाहर आए थे पर फिर भी जब जमात खड़ी हुई तो चार लोग उनके साथ आ कर मिल ही गए थे। शाम की नमाज़ के समय तो वहाँ अच्छी-ख़ासी रौनक हो गई।

अगले दो दिनों में ही उस छोटे-से ग्राउंड के अंदर नमाज़ पढ़ने वाली जगह का चौगिर्दा और फैल गया था। इर्द-गिर्द ईंटें रख कर उसकी निशानदेही करने के साथ-साथ इमाम के खड़े होने और सिजदा करने वाली जगह से घास उखाड़ कर उसे अच्छी तरह लीप दिया गया था। ज्यों-ज्यों ग्राउंड के बीच वाली इस पाक-पवित्र जगह का पसार बढ़ता जा रहा था, खेलने के लिए आने वाले लड़कों की क्रिकेट पिच वहाँ से दूर होती चली गई, यहाँ तक कि वह दायरे के दूसरे किनारे तक जा लगी। वहाँ भी खेलते हुए लड़कों ने काफी एहतियात बरतनी शुरू कर दी थी। खेल के दौरान रुकना उन्हें अच्छा नहीं लगता था पर जब जमात हो रही होती तो वे ग्राउंड के दूसरी ओर ख़ामोश बैठे नमाज़ ख़त्म होने का इंतज़ार करते रहते थे। बाद में भी वे पूरी कोशिश करते कि उनकी गेंद उधर न ही जाए। वे अब खूब सहमे हुए भी नज़र आते, क्योंकि उनमें से किसी-न-किसी का कोई बड़ा-बुजुर्ग नमाज़ पढ़ने के लिए वहाँ आ जाता तो उसे उसकी फटकार ही सुननी पड़ती। शुरू-शुरू में मौलवी

जी जितनी मीठी ज़ुबान से उनको नेक नसीहतें दिया करते थे, अब उनका लहज़ा उतना ही रूखा हो गया था। एक बार उधर आई गेंद के पीछे भागते आते एक लड़के का भारी-सा कदम मौलवी मुश्ताक की बनाई हदबंदी वाली एक ईंट पर आ गया तो उन्होंने उसे इतना बुरा बोला कि वह शर्मिन्दा-सा गेंद लिए बिना ही अपने घर की ओर चल दिया।

ज़ोरदार आवाज़ के साथ खिड़की का शीशा टूटा और लाल गेंद लुढ़कती हुई व्हील चेयर पर बैठे हुए व्यक्ति की टांगों के साथ आ लगी। वह विक्की इंजीनियर था, पूरा नाम था मोहम्मद वकील उल्ला। हाथों से अपनी कुर्सी के पहिए फेरता हुआ वह खिड़की के पास आया तो उसे दफ़्तर के सामने वाली थोड़ी-सी खुली जगह में से दौड़ कर साथ की गलियों में ग़ायब होते कुछ लड़कों की पीठ और हाथों में पकड़ी गेंद ही नज़र आ सके। विक्की इंजीनियर का ऊपर का साँस ऊपर और नीचे का नीचे रह गया।

विक्की इंजीनियर इसी बड़े शहर की एक पुरानी और घनी बस्ती का रहने वाला था। उसे भी लड़कपन में क्रिकेट खेलने का बहुत शौक था। भीतरी शहर के इस मोहल्ले में कहीं कोई खुली-सी जगह न होने के कारण वह और उसके साथी गलियों, बाज़ारों में क्रिकेट खेलते। आते-जाते लोग उनसे परेशान रहते और कई बार, घरों और कारों के शीशे टूटने पर उनको गालियाँ और मार भी खानी पड़ती। एक बार छुट्टी वाले दिन वकील उल्ला साथियों सहित अपने मोहल्ले के साथ निकलती बड़ी सड़क पर क्रिकेट खेल रहा था। सड़क पर आना-जाना कम होने के कारण वे सारे ही बहुत खुश थे पर उनकी खुशी का तब अंत हो गया जब वकील उल्ला एक ओर से तेज़ भागी आती वैगन की लपेट में आ गया। सरकारी अस्पताल के डाक्टरों ने उसकी दोनों टांगों की टुकड़ा-टुकड़ा हुई हड्डियों को जोड़ने का बहुत यत्न किया पर वे उसे पैरों पर सीधा खड़ा करने में कामयाब न हो सके। पहियों वाली कुर्सी उसकी पक्की साथिन बन गई थी। पैरों की टूटी हड्डियों के सख़्त तकलीफ़ देने वाले लंबे इलाज ने वकील उल्ला को छोटी उम्र में ही बहुत दुखी और हमउम्र साथियों से ज्यादा सयाना बना दिया था। उसने मन में यह पक्का फ़ैसला कर लिया था कि बड़े होकर वह इसी धरती पर कम-से-कम एक बस्ती ऐसी ज़रूर बसाएगा, जहाँ हर बसने वाले को हयाती की हर सहूलियत देने का पूरा-पूरा प्रबंध होगा।

दोनों पैरों की कमी के होते हुए भी वकील उल्ला दिलोजान से पढ़ता रहा और इसी बड़े शहर की इंजीनियरिंग यूनीवर्सिटी से सिविल इंजीनियर बन कर निकला। कुछ समय वहीं मुलाज़िम रहने के बाद उसे यूरोप के एक देश में जाने का मौका

मिल गया, जहाँ नौकरी करने के साथ-साथ पढ़ते हुए उसने आर्कीटैक्चर और टाउन प्लैनिंग की डिग्री भी ले ली। यूरोप से लौटे हुए वकील उल्ला को इस बात का ग़म नहीं था कि वह अपना मकसद पूरा करने के लिए वहाँ रहकर भी बहुत धन नहीं बना सका, क्योंकि उसे लगता था कि उसका ऊँचा इल्म ज़रूर उसके काम आएगा। अपने शहर में आकर बड़ी-बड़ी तामीराती फर्मों से वह सलाहकार के नाते अपनी सेवाओं का मोल लेता पर इसके बावजूद उसके पास अपने ख़्यालों वाली बस्ती बसाने लायक पैसे इकट्ठे न हो सके। एक सबसे बड़ी कंस्ट्रक्शन कंपनी के मालिक शमशाद साहब के साथ जब उसकी मुलाक़ात हुई तो वकील उल्ला को आशा की किरन दिख गई। शमशाद, कालेज में उसके साथ ही पढ़ता रहा था। साधारण से दिमाग वाला समझा जाने वाला शमशाद उन दिनों अपनी औरताना हरकतों की वजह से ही जाना जाता था। वैसे तो आजकल वाले शमशाद की आदतें भी वही थीं। पर उसके ज़ेहन को किसी तरह भी साधारण नहीं कहा जा सकता था। बड़ी-बड़ी रिहायशी इमारतें, शापिंग प्लाज़ा और कई इमारतें तामीर करने के कारोबार में शमशाद ने हैरतअंगेज़ तरक़्क़ी की थी और अब उसकी कंपनी में कई काबिल इंजीनियर और आर्कीटैक्ट नौकरी कर रहे थे।

"आहा...विक्की इंजीनियर जी ! आपने कैसी शानदार रिहायशी स्कीम सोची है जी। शमशाद साहब की ओर से अपने ख़ास रंग में बताए गए इन विचारों में इसके पीछे मिशनरी जज़्बे के अहसास को सराहा गया था बल्कि उन्हें व्यापारिक तौर पर यह मनसूब बहुत ही वाजिब लगा था। इस पहलू का वकील उल्ला ने भी ख़याल रखा था, आख़िर इस पर करोड़ों रुपए का ख़र्चा होना था। शमशाद साहब को इस रिहायशी स्कीम का नाम ज्यादा पसंद नहीं आया था, उनका कहना था कि 'आदर्श नगर' की जगह 'आइडियल टाऊन' नाम ज्यादा वाजिब रहेगा।

वकील उल्ला के 'आदर्श नगर' या शमशाद साहब के इस 'आइडियल टाउन' को लोगों की ओर से खूब मंज़ूरी मिली। वह एक ऐसी बस्ती थी जो शहर से थोड़ी दूर पर ही बसी थी पर उसमें शहर जैसी बसों, कारों की रेलपेल, हवा का दूषण और ख़लकत शोरोगुल नहीं था। उसमें सिर्फ शानदार घर ही नहीं बनाए गए थे। सड़के-गलियां भी खुली रखी गई थीं। एक बढ़िया अस्पताल और बढ़िया स्कूल बनाने के साथ उस बस्ती वालों के लिए डाक, फोन, बिजली, पानी, गैस का भी बहुत बढ़िया इंतज़ाम किया गया था। वहां एक इतनी बड़ी मार्किट भी बनाई गई थी कि जरूरत की किसी चीज़ के लिए बाहर जाना ही नहीं पड़ता था। बड़ों की सैर के लिए फूलों वाले पौधे और दूसरे पेड़ों के साथ सजा हुआ जो बागीचा बनवाया गया था, उसमें भी बच्चों के मन बहलाने के लिए पींगें, झूले भी लगवाए गए थे और खेलने वालों के लिए इसके साथ ही ग्राउंड भी रखी गई थी। इस बस्ती के ठीक बीच में एक

बहुत ही सुंदर और खूब खुली मस्जिद तामीर की गई थी। मस्जिद को दिलकश बनाने के लिए वकील उल्ला ने अपनी पूरी योग्यता लगा दी थी। उसकी दूधिया सफेद इमारत देख कर रूह खुश हो जाती थी और देखने वालों को लगता जैसे एक बहुत बड़ा सफेद फूल ज़मीन पर खिल उठा हो। लोगों के मज़हबी अकीदों का वकील उल्ला अपने दिल की गहराई से आदर करता था, इसलिए उसने तलाश कर एक ऐसे आलिम आदमी को इस मस्जिद का इमाम बनाया था जो फिरकू झगड़ों से कोसों दूर रहता था।

वकील उल्ला ने अपना पक्का ठिकाना आइडियल टाउन हाउसिंग सोसायटी के दफ़्तर में ही बनाया हुआ था। जिन अलग-अलग फ़र्मों से वह जुड़ा हुआ था, उनके काम के लिए उसे बाहर जाना पड़ता था पर वापसी पर वह उस हाउसिंग सोसायटी के दफ्तर में बैठ कर वहाँ के निवासियों की छोटी-बड़ी मुश्किलों को निपटाने की कोशिश करता था। उस बस्ती में बने एक-एक घर का पूरा नक्शा उसके ज़ेहन में उकेरा हुआ था। जैसे, पानी और गैस के पाइप किस रास्ते से जा रहे हैं, बिजली के तार कैसे बिछाए हैं। इसीलिए वह बहुत जल्द हर मुश्किल का कारण जान जाता था और फिर सोसायटी के कामगारों से जल्द ही उन्हें ठीक भी करवा देता था। वकील उल्ला इन कामों की किसी से कोई उजरत नहीं लेता था। यहाँ से करोड़ों कमा चुके शमशाद साहब का अब अपने आइडियल टाउन में कम ही चक्कर लगता था। एक बार इस सोसायटी के बुज़ुर्गों की सालाना बैठक में शिरकत करने के लिए शमशाद साहब आए तो पता चला कि वह अपनी अंगहीनों वाली कुर्सी पर बैठ कर उस दिन भी सोसायटी में घर-घर जा कर लोगों के मसले हल कर रहा है। और लौटते हुए शमशाद साहब को वह एक सड़क के पास लगे गटरों की सफाई करवाता हुआ नज़र आया तो उसके पास कार रुकवा कर वे बोले, "अरे...विक्की इंजीनियर जी। आप कितनी ज़हमत उठाया करते हैं जी।" इस तरह के काम करने में वकील उल्ला खुश रहता था, इसलिए जवाब में वह सिर्फ हँस-सा दिया था।

काम के सिलसिले में कई दिन बाहर रहने के बाद वह आज जब अपने दफ़्तर आया था तो खिड़की का शीशा टूटता देख कर उसके सपने भी टूट-से गए। हाथ में पकड़ी गेंद उसे किसी बम जैसी लग रही थी जिसके साथ उसका आदर्श नगर...।

कुछ दिन बाद की बात है, किसी काम से आइडियल टाउन अपनी कार पर जा रहे शमशाद साहब ने ड्राइवर के साथ अगली सीट पर बैठे अपने ख़ास मुलाज़िम को हौले से आवाज़ लगाई, 'गुलाम कादिर जी !' हाथ में पकड़े काग़ज़ों की ओर सारा ध्यान होने के कारण उसने बात की ओर ग़ौर न किया तो अपने हाथ को

नचाते हुए तीखे स्वभाव वाले शमशाद साहब ने कहा, ''ए मर जाने गुलाम कादिर ! सुनता नहीं।''

''जी मेरे मालिक...'' एकदम से सिर पीछे की ओर मोड़ कर गुलाम कादिर आजिज़ी से बोला।

''सोसायटी की बेकार मीटिंगों में मेरा आना कोई ज़रूरी होता है।'' शमशाद साहब बोले और फिर अपनी बात को आगे बढ़ाते हुए कहने लगे, ''आइडियल टाउन का आख़िरी प्लाट भी ढाई महीने पहले बिक गया था। अब यहाँ कौन-सी चीज़ बिकने वाली रह गई है ? सिर्फ़ बातें सुनने और करने के लिए मेरे पास कहाँ वक्त है जी !''

''ठीक फ़र्माया है मेरे मालिक !'' ग़ुलाम कादिर बोला और हाथ में पकड़े काग़ज़ तह कर कुछ सोच में पड़ गया। करोड़पति मालिक का वह ख़ास मुलाज़िम भी लखपति बन चुका था और अपने साईं की अनकही बात को भी समझने का ढंग जानता था। आइडियल टाउन की खुली सड़कों पर से गुज़रती कार से बाहर कुछ देख कर वह बोला, ''जनाबे आली ! मुझे मालूम है कि आपका एक-एक मिनट लाख-लाख रुपए का है।''

आइडियल टाउन हाउसिंग सोसायटी की जल्दी में बुलाई गई बैठक में हो रहा शोर-ग़ुल दूर-दूर तक सुना जा सकता था। अपने आदर्श नगर को बचाने के लिए इस ग्रुप की इब्तिदा करते हुए वकील उल्ला की भीग गई आँखों का वहाँ के रहने वालों पर ज़रूर थोड़ा-बहुत असर हुआ होगा। पर उसकी बात काट कर जब शेख़ जब्बार बोलना शुरू हुआ तो सोसायटी के बहुत सारे मेंबर उसकी हामी भरने लग गए थे। शेख़ जब्बार का कहना था, अगर आइडियल टाउन से खेलों के मैदान का रूप जल्दी ही न बदला गया तो हमारी नई नसल माँ-बाप की नाफ़र्मान हो कर बिगड़ जाएगी, साथ ही अपने मज़हब से भी दूर हो जाएगी। सोसायटी के एक मेंबर ने उठ कर जोश में चीख़ना शुरू कर दिया था : ''वकील उल्ला कहता है कि पहले ही मस्जिदों से भरे इस देश में स्कूल, अस्पताल और खेल के मैदान बनाना भी बहुत ज़रूरी है... यह तो पूरे कुफ्र के कलमें हैं।'' बहुत ही गुस्से से वकील उल्ला को घूरता हुआ वह व्यक्ति बोला, ''अरे मूर्ख ! इस्लाम सख़्त ख़तरे में है और इस समय मैदान की नहीं इबादतगाहों की ज़रूरत है।''

हाथ उठा कर डाले गए वोटों से आइडियल टाउन हाउसिंग सोसायटी की यह जल्दी में बुलाई बैठक ख़त्म हो गई थी और अब अलग-अलग टोलियों में बंटे हुए लोग अपने-अपने घरों को जा रहे थे। एक टोली में शेख़ जब्बार और मौलवी मुशताक थे। उनके साथ जा रहे लोग वे थे जिनका जुड़ाव उनके फ़िरके के साथ भी था। सोसायटी से अपने अक़ीदे वाले लोगों को ढूँढने-जोड़ने को मैदान में सरेआम होते

मज़हबी समूहों ने आसान कर दिया था। शेख़ जब्बार के इशारे पर मौलवी साहब साथ चल रहे लोगों को दर्द भरी आवाज़ में बता रहे थे कि आप सब कितने खूबसूरत घरों में रह रहे हो पर दूसरी ओर मैदान में बनाए जा रहे अल्लाह के घर की अभी नींव भी नहीं रखी जा सकी...

जब दूसरे सब लोग मौलवी मुश्ताक की बातें सुनने में लगे हुए थे, उसी समय किसी ने शेख़ जब्बार का आ कर हाथ पकड़ लिया। दूर-दूर रहने वाले बेटे आबिद द्वारा अपना हाथ पकड़ा देख कर शेख़ जब्बार को हैरानी हुई। सात सालों का आबिद हाथ खींचता हुआ अपने बाप को उस टोली से दूर ले गया और बोला, "अब्बू ! मैं पक्का वायदा करता हूँ कि पाँचों वक्त नमाज़ पढ़ूँगा। क्या आप मैदान में से थोड़ी-सी जगह हमें खेलने के लिए दोगे ? गलियों में खेलना हमें अच्छा नहीं लगता है।"

शेख़ जब्बार ने खींच कर एक चांटा उसके चेहरे पर मारा और फिर यह देखे बिना कि सड़क पर गिरा हुआ आबिद दर्द से किस क़दर तड़प रहा है, गुस्से में उसे बुरा-भला कहते हुए अपनी टोली में चले गए।

"ओ ग़ुलाम क़ादिर मर जाने ! और बता किस-किस का सौदा किया है... ।" "तुम्हें पता तो है मेरा एक-एक मिनट लाख-लाख रुपए का होता है जी।" अपने बड़े दफ्तर में बैठे शमशाद साहब को अंतहीन धुकधुकी लगी हुई थी।

"मैदान बिक गया है, बाग़ बिक गया है, कम्यूनिटी हाल बिक गया है, और तो और, एक स्कूल भी बिक गया है...जनाबे आली ! एक फ़िरके वालों के साथ तो आइडियल टाउन वाले अस्पताल की इमारत की बात भी चल रही है। वे उसमें अपना मदरसा खोलना चाहते हैं... ।" गुलाम कादिर बहुत गर्व से अपने मालिक को अपने कामों से वाकिफ़ करवा रहा था।

"अरे कमबख़्त, तू कितना होशियार है... आइडियल टाउन में रहते, अलग-अलग फ़िरकों को मानने वालों का तूने आपस में मुकाबला करवा दिया है कमीने।" शमशाद साहब ने अपने रंग में हाथ नचाते हुए ग़ुलाम क़ादिर को सराहा और साथ ही बोले, "ओए बेईमान ! आइडियन टाउन हाउसिंग सोसायटी का दफ्तर बेचने से पहले मुझसे तो पूछ लेता...मुझे तो उस समय बहुत ही तरस आएगा जब उस फ़िरके वाले लोग अपंगों वाली कुर्सी सहित विक्की इंजीनियर जी को वहाँ से उठा कर बाहर फेंक देंगे।"

अहमद सलीम

पूर्वी बंगाल पर हमले वाली रात की ख़बर को अभी मुश्किल से एक दिन हुआ था और दूसरा दिन शाह हुसैन के मज़ार पर जाने का था, जहां दिल वाले हर साल अपनी अक़ीदत पेश करते हैं। धमाल भी डालते हैं, भाँगड़ा भी। उस समय अहमद सलीम का पूरा वजूद एक आवाज़ बन गया—'हम सिर्फ नंगे पाँव जाएँगे और हाथ जोड़ कर अक़ीदत पेश करेंगे, पर आज धमाल नहीं पड़ेगा। आज शाह के माधो वहाँ मारे जा रहे हैं।'

यह शाह हुसैन की और मांधो लाल की मोहब्बत थी जिससे शाह हुसैन का नाम ही हो गया था माधोलाल हुसैन। इस इतिहास को सभी जानते हैं, पर मुहब्बत और अक़ीदत की आत्मा को बहुत कम लोग जानते हैं, जैसे अहमद सलीम...

रगों में चलती बात जब पोरों में उतर जाती है तो काग़ज़ पर उतरे हुए हरूफ़ भी धड़कने लग जाते हैं। इसलिए अहमद सलीम के हरूफ़ों में अवाम का दिल भी धड़कता है और सियासी चेतना भी। उस रात अहमद सलीम ने एक नज़्म लिखी, इसी अहसास के साथ भरी हुई, और वह नज़्म जब अख़बार में छपी, अहमद सलीम गिरफ़्तार कर लिया गया...

घर में उसकी तीन बरस की बहन की बेटी ने माँ से पूछा—'वे लोग मामा को पकड़ कर क्यों ले गए हैं ?' माँ ने कहा, 'तेरे मामा ने याहिया ख़ाँ के ख़िलाफ़ एक नज़्म लिखी है, इसलिए।'

बच्ची कुछ सोचती रही, फिर कहने लगी—'पर इसमें पकड़ने वाली कौन-सी बात थी ? याहिया ख़ाँ भी मामा के ख़िलाफ़ नज़्म लिख देता...'

माँ ने कहा—'बेटी, अगर याहिया ख़ाँ नज़्म लिख सकता होता तो फिर इतना खून-ख़राबा क्यों करता...'

इस तरह के सवाल और जवाब सुनकर, मैं नहीं जानती कि इतिहास के दिल पर क्या बीती, पर दिल वालों पर जो बीतती है—वही अहमद सलीम की नज़्में हैं, वही उसके मज़मून और वही उसका उपन्यास...

इसी चेतना ने अहमद सलीम को यह कहने की तौफ़ीक दी है कि अब एक नइ इबादतगाह की बात करें, जहाँ एक मुसलमान भाई के सीने पर सिर रखकर कोई सरदारां अपना गुरुद्वारा पा लेती है, और अहमद सलीम के तसव्वुर में किसी सिख के सीने में किसी सकीना का खुदा बसने लग जाता है...

इतनी तौफ़ीक वाले को सिर्फ़ पढ़ना होता है, उसके बारे में कुछ कहना नहीं होता... पर इतना कह सकती हूँ कि अहमद सलीम गिनती के कुछ उन लेखकों में से हैं जिन्हें ज्यों-ज्यों पढ़ो, वे दिल के क़रीब होते जाते हैं...

'तितलियाँ और टैंक' अहमद सलीम का नया उपन्यास है, जिसकी भूमिका में उन्होंने कुछ वे हालात लिखे हैं, जिन्होंने इस उपन्यास की इब्तदा करवाई। वही उनके दस्तावेज़ी हरूफ़ यहाँ दे रही हूँ—

अहमद सलीम

तितलियां और टैंक

पिछले साल मेरे इस उपन्यास पर मसऊद खद्दरपोश एवार्ड दिया गया था। इस से कुछ बरस पहले मुझे शेख़ अयाज़ की सिन्धी शायरी का सब से अच्छा पंजाबी तर्जुमा करने पर एवार्ड दिया गया था। इन दोनों एवार्डों का ताल्लुक मेरी हयाति के एक ऐसे बीते समय से है, जो बीत भी गया है और आज तक पल-पल मेरे भीतर बीत भी रहा है। यह 1976-77 के दो दिन थे। मैं सिन्ध यूनिवर्सिटी जामशोरो में सिन्धी के महान सूफी कवि शाह लतीफ़ मिटाई के सिन्धी कलाम का पंजाबी तर्जुमा कर रहा था। इस से पहले मैं शेख़ अयाज़ की काफी सारी सिन्धी नज़्में अनुवाद कर चुका था। उन्हीं दिनों शेख़ अयाज़ सिन्ध यूनिवर्सिटी के वाइस-चांसलर थे और उन्होंने तब वहाँ के प्राइम-मिनिस्टर जुल्फ़िकार अली भुट्टो के कहने पर शाह लतीफ़ के पंजाबी अनुवाद का प्रोजैक्ट तैयार किया, जो उन्होंने मुझे दे दिया था।

सिन्ध यूनिवर्सिटी में रहते मुझे पल-पल मौत के तजुर्बे से निकलना पड़ा, जो इस उपन्यास का मुख्य विषय भी है। वह मेरी हयाती के भी और सिन्ध के भी बहुत तपते-जलते दिन थे। 'जिये सिन्ध' तहरीक़ अपने यौवन पर थी, और उसे कुचलने के लिए एक सिन्धी प्राइम-मिनिस्टर भुट्टो को इस्तेमाल किया जा रहा था। पहली बार यूनिवर्सिटी का वायुमण्डल पुलिस के सिपाहियों, बरसती गोलियों, पुलिस छापों और तलाशियों का वायुमण्डल बन गया था। एक दिन हमें एक टैंक भी नज़र आया। शाह लतीफ़ का तर्जुमा करने और सिन्धी लोगों के मरने-जीने की तहरीक से जुड़े होने के कारण सिन्ध में विद्यार्थी, यूनिवर्सिटी के टीचर और दूसरा अमला सारे ही मुझे बहुत प्यार करते थे। सिन्धी तहरीक के कुछ इन्तहापसन्द लोग पंजाबी होने के नाते मुझसे नफ़रत भी करते थे। नफ़रत और प्यार की इस बहुरंगी खेल में से इस उपन्यासिका की पहली सतरें लिखी गई थीं।

मैंने जब इसका एक अध्याय लिख कर कुछ सिंधी मित्रों को सुनाया तो उनमें से एक-दो ने सलाह दी कि मैं शाह और शेख़ के तर्जुमे के साथ-साथ यह काम भी जारी रखूँ। पर मैं जल्द ही इसे भूल गया और काग़ज़ों के वह वर्क दूसरे काग़ज़ों

की किसी गहरी तह में ग़ायब हो गए। हालात दिनों-दिन बिगड़ते जा रहे थे। एक ओर पुलिस की गोलियाँ चलती थीं और दूसरी ओर 'जिये सिन्ध' तहरीक़ वाले वाइस-चांसलर के घर के आस-पास ढाह-ढूह करते रहते थे। मुझे तर्जुमा डिस्कस करने के लिए वी.सी. साहब कई बार अपने घर बुला लेते थे, जो अब हालात के बिगड़ने से उनका दफ़्तर भी बन गया था। वे कई-कई दिन घर से बाहर भी नहीं निकल सकते थे। मज़े की बात यह थी कि विद्यार्थी शेख़ अयाज़ के ख़िलाफ़ खुद उनकी लिखी हुई क़ौमी शायरी के आधार पर नित नए सलोगन बना लेते थे।

एक रात मैं उनके घर से बरसती गोलियों में निकला, तो मेरे कानों में जो आवाज़ें पड़ीं उन्हें सुनना आसान नहीं था। वे मुझे 'सिन्ध का दुश्मन', 'सिन्ध के ग़द्दार का यार' और पता नहीं और क्या-क्या कह रहे थे। मैंने घर पहुँच कर कुछ उदासीनता से कुछ लिखना शुरू कर दिया। जब दूसरे दिन वह कुछ सफ़े मैंने अपने सिन्धी दोस्तों को सुनाए, तो एक ने कहा कि मैं अपना नावलिट जल्दी मुकम्मल करूँ।

पर इससे पहले शेख़ अयाज़ की नज़्मों का तर्जुमा मुकम्मल हो गया। मैं चाहता था, पहले शाह लतीफ़ के कलाम का तर्जुमा छपे, वह काम ख़ासा क़रीब आ लगा था पर शेख़ साहब पहले अपनी किताब छपवाने पर ज़ोर दे रहे थे। इसके साथ सिन्धी तहरीक़ के कुछ इन्तहापसन्दों के मन में और आग भड़क उठी। शेख़ साहब वाइस-चांसलर थे। उनका हुक्म आख़िरी हुक्म था। किताब 'जो बीजल ने कहा' छपनी शुरू हो गई।

सिन्ध यूनिवर्सिटी कैम्पस में विद्यार्थी और उस्ताद, दो हिस्सों में बँट गये थे। उनमें से कुछ सिन्ध और पंजाब की दोस्ती के लिए और दोनों देशों के दरम्यान सदियों पुरानी साझेदारी को फिर से लाने के लिए मेरे रोल को बहुत सराहते थे, पर बहुत से मेरे दुश्मन भी बन चुके थे।

शेख़ अयाज़ की किताब छपने लगी तो फ़ैज़ साहब ने बहुत प्यार से उसकी भूमिका लिख दी। वे अयाज़ की शायरी पढ़ कर हैरान रह गये थे और उनके मुँह से निकला कि इतना बड़ा शायर हमारे इतना नज़दीक बैठा है पर हमें पता ही नहीं था। पंजाब में इस किताब को हाथों-हाथ लिया गया और मुझे उस साल के तर्जुमे का सब से बड़ा एवार्ड मिला, पर दुखान्त अभी आगे आने वाला था।

मैं शाह लतीफ़ के तर्जुमे पर तेज़ी से काम कर रहा था, कि 1977 ई. का मार्शल-लॉ लग गया। ज़िया-उल-हक़ ने भुट्टो को गिरफ़्तार कर लिया और उस पर क़त्ल का मुकदमा चलने लगा। मैं शेख़ साहब के पास गया और कहा—

"मैं यहाँ से जाना चाहता हूँ। शाह के दो-तीन सुर तर्जुमा होने से रह गये हैं। बाकी सारा काम मुकम्मल है, आप उसकी कम्पोज़िंग शुरू करा दें।"

शेख़ अयाज़ ने ग़ौर से मेरी ओर देखा और कहने लगे :

"कहाँ जायेगा, पंजाब ?"

मैंने कहा, "नहीं, कराची।"

वे कुछ पल मेरी ओर देखते रहे, फिर कहने लगे, "मार्शल-ला के कारण जाना चाहता है ?"

मैंने हौले से कहा, "पंजाब से मेरे कुछ दोस्त आये हैं। वे बता रहे हैं कि भुट्टो को फाँसी की सज़ा होने वाली है। मैं एक पोलिटिकल पार्टी का वर्कर हूँ और अपनी लड़ाई में वापिस जाना चाहता हूँ।"

शेख़ अयाज़ कहने लगे, "पर तुम्हारी पार्टी तो भुट्टो की दुश्मन है।"

मैंने कहा, "हो सकता है मैं अपनी पार्टी भी छोड़ दूँ। एक लिखने वाला किसी फ़ौजी हुकूमत के साथ न सहमत हो सकता है, न उसकी सेवा कर सकता है।"

शेख़ अयाज़ जानते थे कि मैं रुकने वाला नहीं। उनको भुट्टो ने वाइस-चांसलर बनाया था, उनको तवारीख़ की गहरी सूझ थी, उन्हें यकीन था कि भुट्टो को फाँसी हो जायेगी पर वे डरते थे कि अगर उन्होंने इस्तीफ़ा दिया तो मार्शल-ला की सरकार उन्हें गिरफ्तार कर लेगी। वे अयूब ख़ाँ और याहिया ख़ाँ के मार्शल लाओं में भी पकड़े जाते रहे थे, पर अब वे जैसे थक से गये थे। कहने लगे, "अच्छा, तेरी मर्ज़ी पर कुछ दिन ठहर कर जाता तो बेहतर था।" मैंने शेख़ साहब की बात मान ली। और कुछ दिन के लिए रुक गया और फिर वह दुखान्त घटा जो मेरे इस नावलिट की बुनियाद बन गया।

भुट्टो को फाँसी की सज़ा सुनाई जा चुकी थी, जब एक सिन्धी छात्रा के अग़वा होने और रेप किये जाने की ख़बर आई। लोग कहते थे कि यह काम मार्शल-लॉ के अहलकारों ने किया है, वे खुलेआम उसका नाम भी लेते थे। कुछ दिनों बाद दो-तीन सिन्धी लड़के मेरे क्वार्टर में आ कर रुके, उन्हें किसी सज्जन ने भेजा था। वे मुँह-अँधेरे वहाँ से चले गये। अगले दिन ख़बर आई कि शीरीं सोमरे को अग़वा और रेप करने वाले पकड़े गये थे। शेख़ अयाज़ परेशान थे और उन्होंने मुझे बुला कर वहाँ से तुरन्त चले जाने के लिये कह दिया।

"तुम जाना चाहते थे न, ठीक है चले जाओ। यहाँ की फ़िज़ा हमारे लिये बहुत ख़तरनाक हो गई है।" मैं शुक्रिया अदा करके चलने लगा तो शेख़ साहब ने

सवाल किया, "कल-परसों कुछ लड़के तुम्हारे क्वाटर में ठहरे थे ?"

मैंने कहा, "एक दोस्त ने उन्हें एक रात बिताने के लिये भेजा था। पर आप क्यों पूछ रहे हैं ?"

"नहीं, कोई ख़ास बात नहीं। मार्शल लॉ के दफ़्तर से फ़ोन आया था।"

बाद में मुझे पता चला कि शेख़ साहब मेरी सिक्योरिटी के लिये परेशान थे और इसलिये मुझे वहाँ से जाने की इजाज़त दे दी थी। कराची पहुँचकर मैं सारा दिन नौकरी की तलाश करता और रात को बैठकर अपने नावलेट के अगले अध्याय पर काम करता। अब तक मैंने सात अध्याय लिख लिये थे और इसे जल्द से जल्द ख़त्म करने की मेरी ख़्वाहिश बहुत तेज़ हो गई थी। फिर अन्तिम कुछ अध्याय लिखने रह गये थे, जब एक दिन मैं घर लौटा तो मुहल्ले के एक लड़के ने मुझे बताया कि सी.आई.डी. वाले आये थे। मैंने उसी समय नावेल के सारे पन्ने और कुछ और ज़रूरी कागज़ उठाये और एक दोस्त के घर उन्हें छोड़कर आ गया।

रात को मैं गहरी नींद में सोया हुआ था कि खड़-खड़ दरवाज़ा खटखटाया गया। मैंने दरवाज़ा खोला तो तकदीर सामने थी। उन्होंने कई उल्टे-सीधे सवाल पूछने के बाद मेरे घर की तलाशी लेनी शुरू कर दी, किताबें और कागज़ इधर-उधर फेंकने लगे। पर उनके हाथ में कुछ भी न आया। वे बारी-बारी से और कई-कई व्यक्तियों के नाम ले-लेकर मुझसे उनके बारे में सवाल करने लग गये। जब वे वापस गये तो मेरा पूरा घर ताश के पत्तों की तरह बिखरा हुआ था। अगली सुबह मैंने ख़बर पढ़ी कि भुट्टो को फाँसी दे दी गई है।

फिर कई साल बीत गये। मैं पंजाब लौट आया। मेरे कराची के दोस्त ने मुझे सारे कागज़ लौटा दिये पर हैरानी की बात थी कि उन में से नावलेट के पन्ने ग़ायब थे। मेरे दोस्त का कहना था कि उसने कागज़ों का पैकिट वैसे का वैसा ही मुझे लौटा दिया था। कुछ समय बाद मैं अपने नावलेट की बात बिल्कुल ही भूल गया।

फिर कई बरस और बीत गये। सन् 1995 में कराची से मुझे उसी दोस्त की ओर से एक छोटा-सा पैकिट मिला और उसमें मेरे इस नावलेट के पन्ने थे। पूरे-के-पूरे पर नावलेट अभी भी अधूरा था। इसके दो अध्याय अभी लिखे जाने थे। सत्रह बरस बाद अपनी एक खोई हुई कृति को हाथों में देखकर, खुशी से ज्यादा मन उदासी के घेरे में आ गया।

इस नावलेट के अन्तिम दोनों अध्याय मैंने सन् 1996 में लिखे हैं। शुरू के पहले 1977-79 के बीच के दिनों में लिखे गये थे। यूँ यह छोटा नावलेट है पर बीस बरसों (1976-96) में लिखा गया है। इस अर्से में मेरी कितनी ही और किताबें छप

गई पर 'तितलियाँ और टैंक' का एक-एक अक्षर मेरे मन के भीतर एक अमानत की तरह था जिसे मैंने बीस बरस में अपने पढ़ने वालों को लौटाया है।

नावलेट की कहानी एक खोज की कहानी है, खोज की नहीं बल्कि पहचान की। मौत की पहचान, अपने आपे की पहचान, अपने आपे से अपने वतन की पहचान, पहचान और 'आइडेन्टिटी' का यह अमल बहुपक्षीय है। एक तरफ़ यह पहचान हमें तवारीख़ की पुरानी सदियों में ले जाती है, जब पंजाबी सिकन्दर, मकदूनी, मुग़लों और दूसरे हमलावरों के हमले को दबा रहे थे। तब पंजाबी न मुसलमान थे, न हिन्दू, न सिक्ख, वह न पाकिस्तानी थे न हिन्दुस्तानी। बस सिर्फ़ पंजाबी थे।

पहचान के इस पक्ष को अब तक बीते और आज बीत रहे के दरम्यान गहरी साझेदारी को अलग करके नहीं देखा जा सकता। जब हम इसे बीते और बीत रहे में बाँट देते हैं तो मानो हम इसे नाखून और माँस में, मुसलमान और ग़ैर-मुसलमान में भी बाँट देते हैं। हम इसे अमृतसर और लाहौर में भी बाँट देते हैं। शाह हुसैन और गुरु नानक में भी बाँट देते हैं। यह मेरे इस नावलेट में बयान किये संकट का पहला नुक्ता है।

दूसरा नुक्ता पंजाब और सिन्ध की तवारीख़ी दोस्ती से फूटता है और इस नावेल को सामने लाता है कि जो पंजाबी सदियों तक खुद हमलावरों के हमलों का मुक़ाबला करते रहे थे, वे खुद हमलावर कैसे बन गये ? और उन्होंने अपने बन्दूक वालों के हाथ क्यों न पकड़े जब गोलियाँ सिन्धियों, पश्तूनों और बलोचों पर बरसने लगीं। नावलेट में सिन्धी लड़कियाँ (तितलियाँ) और पंजाबी हमलावरों (टैंकों) के दरम्यान लड़ाई जारी है, जो आने वाले दिन पंजाबी लोगों को सदियों पुरानी सिन्धी-पंजाबी साझेदारी की गहरी सूझ दे रही है।

दुआ

खुदा जाने कि रात कितनी भर गुज़र चुकी थी
और कितनी अभी बाक़ी थी
मैं मन के बीहड़ से गुज़री
तो लगा—रात कुछ कहती थी...

लगा रगों में कुछ भीग गया
कहीं पानी की आवाज़ आई
जैसे एक धारा—यहीं कहीं
आहिस्ता से बहती थी।

मस्तक में हरकत सी हुई
अल्लाह ! सुना तो था—
कि मुहब्बत का एक चश्मा
मुरादों का एक-एक चश्मा
मन के बीहड़ में बहता है...

और शायद...शायद...
होशमन्दी का आलम था
मैं पानी में उतरने लगी—
पैर किनारे पर खड़े थे
मैं पानी में बहने लगी...
अचानक एक रंग था
जो पानी में छलक गया
देखा—कि सूरज की आमद हुई है

हथेलियों में पानी लिया
सूरज को अर्घ दिया
बदन की नाड़ियाँ बोलीं–
मेरे देवता !
उन वादियों पहाड़ों पर जाना
कि जहाँ–बर्फ की चोटियों पर
अँधेरा उतर आया है
आँखों में नफ़रत का अँधेरा
हाथों में हथियारों का अँधेरा
वह मिट्टी तुम्हें याद करती है
तुम जाना !
और वहाँ कुछ किरनें छिटक देना।

फिर ओक में पानी लिया
बहती हवा के होठों से लगाया
कहा–कि तुम्हें बहुत दूर जाना है
जहाँ दोस्ती से अजनबी कुछ बस्तियाँ
कुछ वादियाँ–
तुम वहाँ जाना–
और उनके मस्तक पर हाथ रखना
फिर हौले से, उनकी
साँसों में उतर जाना
कि उन्हें मुहब्बत की साँस आए
और यह निगोड़ा
इतिहास बदल जाए...

–अमृता

23 जून 1999

हमारे अन्य श्रेष्ठ प्रकाशन

चर्चित पुस्तकें

आवारा मसीहा, विष्णु प्रभाकर, **अदम्य साहस** डॉ. अब्दुल कलाम, **प्रेरणात्मक विचार** डॉ. अब्दुल कलाम, **मेरी आपबीती** बेनज़ीर भुट्टो, **मेरे सपनों का भारत** महात्मा गांधी, **सत्य के प्रयोग** महात्मा गांधी, **मेरा जीवन दर्शन** डॉ. कर्णसिंह, **परिवर्तन और राजनीति** एन.के. सिंह, **भारतीय अर्थतंत्र, इतिहास और संस्कृति** अमर्त्य सेन, **आर्थिक विकास और स्वातन्त्र्य** अमर्त्य सेन, **आर्थिक विषमताएं** अमर्त्य सेन, **गरीबी और अकाल** अमर्त्य सेन, **भारत विकास की दिशाएं** अमर्त्य सेन, **भारतीय राज्यों का विकास** अमर्त्य सेन, **हिंसा और अस्मिता का संकट** अमर्त्य सेन, **भारतीय दर्शन** डॉ. राधाकृष्णन्,

शब्दकोश : कोश : शिक्षा

राजपाल बृहत् हिन्दी-अंग्रेजी शब्दकोश डॉ. हरदेव बाहरी, **राजपाल बृहत् अंग्रेजी-हिन्दी शब्दकोश** डॉ. हरदेव बाहरी, **राजपाल हिन्दी शब्दकोश** डॉ. हरदेव बाहरी, **शिक्षार्थी हिन्दी-अंग्रेज़ी शब्दकोश** डॉ. हरदेव बाहरी, **राजपाल अंग्रेज़ी-हिन्दी शब्दकोश** डॉ. हरदेव बाहरी, **राजपाल अंग्रेज़ी-हिन्दी पारिभाषिक शब्दकोश** डॉ. हरदेव बाहरी, **राजपाल हिन्दी-अंग्रेज़ी थेसॉरस** गोपीनाथ श्रीवास्तव, **राजपाल अंग्रेजी-हिन्दी राजभाषा प्रयोगकोश** गोपीनाथ श्रीवास्तव, **राजपाल लोकोक्ति कोश** हरिवंश राय शर्मा, **राजपाल साहित्यिक मुहावरा कोश** हरिवंश राय शर्मा, **राजपाल साहित्यिक सुभाषित कोश** हरिवंश राय शर्मा, **विद्यार्थी हिन्दी शब्दकोश** डॉ. ओमप्रकाश, **शब्दार्थ-विचार कोश** आचार्य रामचन्द्र वर्मा, **शब्द-परिवार कोश** डॉ. बदरीनाथ कपूर, **व्यावहारिक उर्दू-हिन्दी शब्दकोश** डॉ. सैयद असद अली, **कहावत कोश** समर सिंह

विश्वकोश : संदर्भ-ग्रंथ

विश्वकोश-I (पृथ्वी-आकाश-खनिज) डॉ. बालकृष्ण, **विश्वकोश-II (आविष्कार-खोज)** डॉ. बालकृष्ण, **विश्वकोश-III (जीव-जंतु : पेड़-पौधे)** डॉ. बालकृष्ण, **विश्वकोश-IV (विज्ञान-वैज्ञानिक)** डॉ. बालकृष्ण, **भारतीय संस्कृति कोश** लीलाधर शर्मा पर्वतीय, **भारतीय चरित कोश** लीलाधर शर्मा पर्वतीय, **अंतरराष्ट्रीय व्यक्ति कोश** विश्वमित्र शर्मा, **भारत रत्न** विश्वमित्र शर्मा, **20वीं सदी के सौ प्रसिद्ध भारतीय** विश्वमित्र शर्मा, **नोबेल पुरस्कार कोश** विश्वमित्र शर्मा, **नोबेल पुरस्कार सम्मानित भारतीय** विश्वमित्र शर्मा, **भारत के राष्ट्रपति** भगवतीशरण मिश्र, **भारत के प्रधानमंत्री** भगवतीशरण मिश्र, **नोबेल पुरस्कार विजेता साहित्यकार** राजबहादुर सिंह, **विश्व के महान वैज्ञानिक** फिलिप केन, **विश्व की महिला अंतरिक्ष यात्री** कालीशंकर, **भारतीय भाषाओं के पुरस्कृत साहित्यकार** डॉ. आरसू, **50 क्रांतिकारी** राजेन्द्र पटोरिया, **100 प्रसिद्ध भारतीय खिलाड़ी** चित्रा गर्ग

उपन्यास

मानस का हंस (पुरस्कृत) अमृतलाल नागर, **नाच्यौ बहुत गोपाल** अमृतलाल नागर, **खंजन नयन** अमृतलाल नागर, **बिखरे तिनके** अमृतलाल नागर, **पीढ़ियां** अमृतलाल नागर, **करवट** अमृतलाल नागर **सेठ बांकेमल** अमृतलाल नागर, **भूख** अमृतलाल नागर, **सात घूंघट वाला मुखड़ा**

अमृतलाल नागर, **सोमनाथ** आचार्य चतुरसेन, **वयं रक्षामः** आचार्य चतुरसेन, **वैशाली की नगरवधू** आचार्य चतुरसेन, **सोना और खून** (चार भागों में) आचार्य चतुरसेन, **कब तक पुकारुं** रांगेय राघव, **घरौंदा** रांगेय राघव, **धरती मेरा घर** रांगेय राघव, **न आने वाला कल** मोहन राकेश, **समग्र उपन्यास** कमलेश्वर, **कितने पाकिस्तान** कमलेश्वर, **एक सड़क सत्तावन गलियां** कमलेश्वर, **काली आँधी** कमलेश्वर, **सुबह दोपहर शाम** कमलेश्वर, **रेगिस्तान** कमलेश्वर, **अभिज्ञान** नरेन्द्र कोहली, **आतंक** नरेन्द्र कोहली, **साथ सहा गया दुख** नरेन्द्र कोहली, **जंगल** नरेन्द्र कोहली, **एक नौकरानी की डायरी** कृष्ण बलदेव वैद, **शिकस्त की आवाज़** कृष्ण बलदेव वैद, **नर नारी** कृष्ण बलदेव वैद, **एक इंच मुस्कान** राजेन्द्र यादव/मन्नू भंडारी, **जंगल के फूल** राजेन्द्र अवस्थी, **अकेली आवाज़** राजेन्द्र अवस्थी, **कुहरे में युद्ध** शिवप्रसाद सिंह, **औरत** शिवप्रसाद सिंह, **रात भारी है** अमृता प्रीतम, **कैली कामिनी और अनीता** अमृता प्रीतम, **जलते बुझते लोग** (एक ही जिल्द में तीन उपन्यास) अमृता प्रीतम, **यह कलम यह कागज़ यह अक्षर** अमृता प्रीतम, **ययाति** वि.स. खांडेकर, **कोणार्क** प्रतिभा राय, **उसका अपना आकाश** प्रतिभा राय, **चित्रप्रिया** अखिलन, **एक गधे की आत्मकथा** कृश्न चंदर, **तापसी** कुसुम अंसल, **पहाड़ चोर** सुभाष पंत, **गोदान** प्रेमचंद, **गबन** प्रेमचंद, **औरतें** खुशवंत सिंह, **समुद्र की लहरों में** खुशवंत सिंह, **मुजरिम हाज़िर** विमल मित्र, **अन्तर्गाथा** पी.वी. नरसिंह राव, **कुली** मुल्कराज आनंद, **अछूत** मुल्कराज आनंद, **सात साल** मुल्कराज आनंद, **दिशाएं बदल गईं** नरेश भारतीय, **सावित्री** व्योहार राजेन्द्रसिंह **कुली बैरिस्टर** राजेन्द्रमोहन भटनागर, **गाइड** आर.के. नारायण, **स्वामी और उसके दोस्त** आर.के. नारायण, **वध** मनहर चौहान।

कविता

मधुशाला बच्चन, **मधुबाला** बच्चन, **मधुकलश** बच्चन, **खैयाम की मधुशाला** बच्चन, **मेरी श्रेष्ठ कविताएं** बच्चन, **निशा निमंत्रण** बच्चन, **जाल समेटा** बच्चन, **दो चट्टानें** बच्चन, **सतरंगिनी** बच्चन, **मिलन यामिनी** बच्चन, **आत्मिका** महादेवी, **नीलांबरा** महादेवी, **दीपगीत** महादेवी, **चुनी हुई कविताएं** अज्ञेय, **गीतांजलि** रवीन्द्रनाथ टैगोर, **साधना** रवीन्द्रनाथ टैगोर, **पथ का गीत** रवीन्द्रनाथ टैगोर, **आखिर यह मौसम भी आया** रमानाथ अवस्थी, **क्या खोया क्या पाया** अटलबिहारी वाजपेयी, **अंग्रेजी के श्रेष्ठ कवि और उनकी श्रेष्ठ कविताएं** कुलदीप सलिल, **अन्तरा** विश्वनाथ।

कहानियाँ

मोहन राकेश की संपूर्ण कहानियां मोहन राकेश, **अज्ञेय की संपूर्ण कहानियां** अज्ञेय, **एक दिल हज़ार अफ़साने** अमृतलाल नागर, **मालगुड़ी की कहानियां** आर.के. नारायण, **सत्यजित राय की कहानियाँ** सत्यजित राय, **समग्र कहानियां** कमलेश्वर **मेरी प्रिय कहानियां** अज्ञेय, आचार्य चतुरसेन, भगवतीचरण वर्मा, रांगेय राघव, अमृतलाल नागर, मोहन राकेश, निर्मल वर्मा, राजेन्द्र यादव, कृश्न चन्दर, कमलेश्वर, मन्नू भंडारी, फणीश्वनाथ रेणु, यशपाल, इलाचन्द्र जोशी, भीष्म साहनी,